Mala noche y parir hembra

ANGÉLICA GORODISCHER

Mala noche y parir hembra

Cuentos

HECTOR DINSMANN EDITOR

Buenos Aires, 1997

860-3 (82) GOR	Gorodischer, Angélica Mala noche y parir hembra - 1a ed. - Buenos Aires: Héctor Dinsmann, 1997. 168 p.; 20 x 14 cm. ISBN 950-99513-5-8 I. Título - 1. Narrativa Argentina

Pasaje José M. Giuffra 318
1064 - Buenos Aires

Diseño de tapa: Helena Homs
Fotografía de la autora: Gustavo Goñi
Esta edición estuvo al cuidado de: Orestes Pantelides

Hecho el depósito que dispone la ley 11723
ISBN: 950-99513-5-8
Impreso en la Argentina.

A la memoria de Eva,
de Deborah,
de Judith
y de Juana

A mi hija Cecilia

A mis amigas Herminia, Sonia, Hebe,
Tatá, Cristina, Hilda, María Inés,
Elvira, Graciela, Clara

En el siglo pasado en España, cuando la reina Isabel II estaba para dar a luz a su primer hijo, se reunieron en palacio ministros, grandes de España, y todas las personalidades que el protocolo exigía que estuvieran allí para cuando el neófito les fuera presentado. Entre tales personajes se encontraba el general Castaños, el vencedor de la famosa batalla de Bailén contra los franceses. Como hubiera que pasar toda la noche en vela pues el nacimiento se retrasaba, el general no estaba de muy buen humor. Pero he aquí que al fin se abrió la puerta y se conoció la noticia: el primogénito era una niña, la futura princesa Isabel. Castaños, sin disimular su descontento, exclamó despectivamente:

–¡Mala noche y parir hembra!

VICTORIA SAU
Manifiesto para la Liberación de la Mujer. Barcelona, Bruguera, 1973

Advertencia

Esta es una nueva versión de un viejo libro. *Mala noche y parir hembra* apareció en diciembre de 1983, y poco tiempo después la editorial que lo había publicado se esfumó para siempre. Una lástima. Este libro quedó por lo tanto casi sin distribuir y hoy es absolutamente inencontrable, si los puristas me permiten el neologismo que me suena mejor que inhallable con esa hache tan molesta en medio de tanta vocal. Por suerte Héctor Dinsmann decidió volver a publicarlo, cosa que me puso de excelente humor y ojalá a mis potenciales lectoras y lectores les pase lo mismo.

Pero claro, al revisarlo para entregarlo a las manos del editor se me estrujó un poco la garganta y entre toses y quejidos me dí cuenta de que 1983 no es igual a 1997. Carlos Gardel puede decir todo lo que quiera acerca de eso de que "veinte años no es nada" y que "febril la mirada", pero a mí se me hizo que catorce años es mucho y que había cosas que yo no quería volver a decir y que había otras que no había dicho y que merecían un lugarcito entre estas páginas.

De modo que tironeando un poco de aquí y encogiendo otro poco de allá y haciendo un doblez de este otro lado y soltando una costura más acá, introduje unas pocas modificaciones para las cuales no sé si pedir disculpas o un cerrado aplauso. Ustedes verán. Sea el caso el que fuere, ojalá lo disfruten.

Hasta luego.

LA AUTORA
Rosario, agosto de 1997

Sigmund y Bastien

Parece que por los años mil quinientos y tantos, Fray Bastien de Montemayor y Eguiluz que era gordezuelo y aficionado a la música y a la composición literaria, y que seguramentre se las traía porque además de ser fray había sido cosas mucho menos recomendables de ésas que sirven precisamente para arrepentirse al doblar el codo de los cincuenta, aprovechar la caída del pelo en la coronilla, tonsurarse y hacerse fraile, escribió en un opúsculo dedicado como era de esperar a sus sobrinas, aunque habemos quienes abrigamos hondas sospechas acerca de las tales sobrinas, que "el hombre prudente aprende a cuidarse y huir de hembras soñadoras y fantasiosas" y que "por todo lo contrario allégase a mujer práctica y cumplidora tanto del deber cotidiano que correspóndele hacia hogar y familia cuanto del que le es menester para ganar bienaventuranza eterna".

Si este comienzo les recuerda a cierto gran escritor, no en el estilo, líbreme el Cielo de semejante pretensión, y sí en la cita de viejos librotes improbables pero no por eso menos contantes y sonantes, lamento comunicarles que, efectivamente, así es, que la memoria no los engaña. Y comunico también, ya que estamos, que el asimismo improbable pero no por eso menos verdadero Fray Bastien que debe haber sido una buena pieza, me vino muy bien a propósito de lo que he de contar después. El padre Freud también hubiera tenido cierta utilidad, como de costumbre, pero no hay duda de que tiene mucho más predicamento un benedictino del siglo XVI que muy pocos conocemos, que el fundador del psicoanálisis a quien conoce todo el mundo y que está ahí nomás, como quien dice anteayer.

Adviértase que el rubicundo y afrancesado fraile (¿qué es eso de "Bastien", vamos a ver, si hubiera podido ser derecha y castizamente Bastián y mejor aún Sebastián?) habla de "hembras" soñadoras pero de "mujeres" prácticas y aquí sí que el padre Freud, para no meternos con monsieur Lacan, hubiera tenido bastante que decir.

Parece también que Fray Bastien sabía qué paño estaba cortando, y que sus tres sobrinas, huérfanas de padre, provistas de generosas dotes, hijas de una señora cuyos apellidos tanto de soltera como de casada no coincidían con el del religioso, qué cosa tan extraña, casaron con caballeros importantes, ricos, serios, barbados y ventripotentes; y que fueron convenientemente felices, que engordaron, tuvieron montones de hijas e hijos y más adelante hidropesía, várices, aerofagia y herpes zona, y que más adelante aún murieron en olor de santidad y alcanfor. Y no parece sino que es seguro que las mujeres de hoy en día, o para hablar con exactitud, las hembras fantasiosas de hoy en día desconocedoras del sabroso opúsculo cuyo título desdichadamente he olvidado pero sé que es comiquísimo, dedican una considerable parte de su tiempo a ensoñaciones que en el mejor de los casos son improductivas y en el peor acarrean funestas consecuencias para ellas y cuantos las rodean, como se verá a poco que se reflexione sobre lo que se ha de leer.

Es mi deber avisarles por eso, señoritas, que imitando estas desaprensivas costumbres nunca van a conseguir maridos como los de las tres sobrinas del benedictino, y que van a tener que conformarse a último momento, cansadas de recorrer cafés de moda, aulas de facultades, playas, exposiciones y confiterías bailables, con algún jovencito huesudo enfundado en jeans y remera y montado en Yamaha o Kawasaki o Suzuki o alguna de esas cosas japonesas y veloces. Adónde vamos a parar, digamé un poco. Se han perdido los valores y ya no hay respeto, le juro.

Las sobrinas de Fray Bastien no soñaban, claro que no: no interrumpían el bordado ni quedaban con la aguja enhebrada con hilo color rosa viejo suspendida sobre el bastidor, reclinadas en el duro sillón de guadamací brocado, los ojos perdidos en la lejanía, los oídos sordos a la dama de compañía que leía en voz alta la vida de Santa Angradema virgen para alegrarles las horas hasta que llegara la del rezo de la tarde, tratando de escapar aunque fuera con el pensamiento a sus destinos de inmanencia ni de romper los lazos que las mantenían amarradas a la especie (cf. Simone de Beauvoir). Nada de eso: las tres muy prácticas y muy cumplidoras damas tenían hijos cada diez meses y medio, veneraban la memoria de su muy amado tío, manejaban sus hogares con firmeza, perdonaban a sus maridos las infidelidades de las que se enteraban por algún alma generosa, lloraban a sus muertos, espiaban la calle desde atrás de los postigos entornados, castigaban a las criadas y apretaban con mano firme los cordones de la bolsa.

Contrapóngase a estas vidas dignas de alabanza la de esa señora joven que vive en el 5° D a quien llamaremos solamente Marcelina y que tiene un marido encantador parecidísimo en todo a los de las sobrinas del autor del opúsculo salvo en que no es un caballero sino un alto empleado de una compañía envasadora de alimentos y en que no se deja la barba porque dice que eso es de afeminados, valga la contradicción. También tiene Marcelina tres chicos inquietos y vocingleros, un departamento, interno pero muy bonito, un auto, un tapado de piel que está tal cual el día en que el marido se lo regaló porque como él sostiene que una madre se debe exclusivamente a sus hijos ella no va a ninguna parte así que no se lo pone nunca, un televisor color nuevo y un equipo importado de audio.

Y contrapóngase a aquellas vidas sin tacha la de esa otra señora joven a la que llamaremos solamente Agnès que vive seis meses en Niza y seis meses en París, que tiene un marido del que no se sabe si es encantador o no pero que de tan discreto aparece sólo cada treinta días y eso en la firma de un cheque de seis cifras; una villa en Cala d'Or, un departamento en el sixième, una casa a dos pasos del Mediterráneo, tres autos, siete tapados de piel que se le arruinan a cada rato así que hay que andar cambiándolos constantemente, una cuenta numerada en un banco suizo, alhajas en cajas fuertes de otras nacionalidades y así por el estilo.

Ellas dos sí que sueñan, Marcelina y Agnès, y se dicen a sí mismas que no lo pueden evitar. También se dicen a sí mismas, Marcelina que no puede dejar de fumar, de comerse las uñas ni de gritarles a los chicos, que a veces le parece que se va a volver loca y que quizá le vendría bien consultar a un psicoanalista; Agnès que no puede dejar de fumar, de tomar demasiadas pastillas para dormir y demasiados cocktails, que le parece que se está volviendo loca y que quizá no le vendría mal ir a ver a ese psicoanalista tan famoso, cómo le dijeron que se llama, en Londres.

–Me gustaría estar en Niza –fantasea Marcelina mientras la heladera gotea no en donde el fabricante supone que debe gotear una heladera que se descongela sino en el crisper de la verdura, en el suelo y en cualquier lado–, en la playa, al sol. Me gustaría no tener en la mano un trapo inmundo sino una copa de cristal, alta, finita, con una bebida helada adentro y una fruta colorada y brillante en el fondo. Me gustaría no tener hijos, ser divorciada, mirar a los hombres que pasan mientras me tuesto al sol en verano en Niza y no en este invierno asqueroso acá con todo el mundo resfriado y a mí que me pica la garganta, dónde dejé los cigarrillos pero es posible que siempre los ande perdiendo. Me gustaría no tener nada que hacer, nada, nada, absolutamente nada, ni cocinar, ni poner los sweaters en remojo, ni ir a buscar a Pablito al jardín de infantes, de paso tengo que comprar detergente y papel higiénico, ni hacerle nebulizaciones a Javier que va a llorar como un loco, ni tener que pasarme todo el día adentro con todo cerrado, ni pedir hora con el pediatra, ni pensar en lo que tengo que comprar mañana en el supermercado, ni mirar el reloj ni nada. Yo estaría allí al sol en verano en bikini con los ojos cerrados al calor y todos me mirarían y alguien me diría madám ¿se sirve otra copa? Bueno, sí, diría yo, bien helada por favor. Bien sûr, madám, ¿se decía bien sûr? qué sé yo, y preguntaría ¿quién es ése?, tan bronceado, tan rubio, y me dirían que es uno de los

Rothschild. Ay qué aburrido, diría yo, ¿otro más?, decididamente esta familia me está resultando abrumadora. Y pensaría en qué podría hacer esta tarde y no tendría ganas de comer ni de fumar ni de nada; me bastaría con el sol y con no tener que mirar el reloj y así pasarían despacio las horas y cuando el sol ya no entibiara más me iría y me cambiaría y me pondría un vestido blanco que me quedaría tan bien sobre la piel oscurecida y las sandalias blancas y una pulsera de oro y nada más. Y alguien vendría a buscarme y cenaríamos en un jardín sobre el mar y me diría ¿qué hacemos todavía acá?, y sería medianoche.

–Me gustaría estar en cualquier otra parte –se dice Agnès–, protegida, encerrada, no expuesta como en una vidriera para que todos me miren a ver si llevo la misma bikini que ayer o si mis sandalias son italianas o quién se me acerca. Me gustaría no tener como siempre una copa en la mano sino otra cosa, lo que fuera, una cuchilla de cocina, un colador, un trapo de piso. Me gustaría tener chicos y un marido que viniera a almorzar y entrara hambriento preguntando qué hay de comer, y no tener que salir nunca y quedarme en casa abrigada en el invierno, llena de responsabilidades y horarios y cargas y obligaciones que hicieran pasar el tiempo rápidamente, un día después del otro, una hora después de la otra, sin que yo me diera cuenta. Me gustaría levantarme temprano en lo oscuro, muy despacito para no despertar a nadie, mirar el reloj, ¿qué hora es, qué hora es?, hacer el desayuno, leche tibia para los chicos, café fuerte bien caliente para mi marido y tostadas y dulces hechos por mí, y lo despertaría apurate que se te hace tarde y él diría me parece que la nena tiene fiebre, ¡ay! diría yo, ¿fiebre?, voy a llamar al médico. Y él se iría y yo cocinaría y limpiaría y vendría el médico y me diría no es nada señora, no se aflija, y entonces yo no me afligiría y cantaría y a la tarde vendría mi marido y nos asomaríamos al balcón pero diríamos hace frío afuera, ¿qué estamos haciendo aquí?, y nos iríamos adentro y besaríamos a los chicos y nos iríamos a dormir.

Marcelina declaró que estaba apoyada contra la heladera abierta que goteaba con un trapo en la mano que también goteaba cuando entró el marido y le dijo:

–¿Pero se puede saber qué pasa? ¿No lo fuiste a buscar a Pablito? ¿Te das cuenta de la hora que es? Vengo cansado y con hambre y por lo visto no hay nada de comer. ¿Qué estás haciendo acá?

Y que ella no se acordaba de nada más salvo que estaba arrodillada con la cuchilla en la mano y que ahora era sangre lo que goteaba. El abogado y la junta médica sostuvieron que había perdido momentáneamente la razón. El marido no dijo nada porque la primera cuchillada lo había alcanzado en la yugular.

Agnès declaró que no habían tenido ninguna discusión, que habían tomado mucho pero no más de lo acostumbrado, que él se había puesto de pie y le había dicho:

–¿Qué estamos haciendo todavía acá? Es medianoche –y le había sonreído.

Y que ella se había acercado a él que estaba junto al parapeto y que no se acordaba de nada más. El abogado y los médicos dijeron que estaba intoxicada por el alcohol y las pastillas que tomaba a diario para dormir, y que había perdido momentáneamente la razón. Jacques, primo lejano de los Rothschild no dijo nada porque se había desnucado contra las rocas once metros más abajo de la terraza sobre el mar.

A Marcelina le dieron tres años considerando que no había sido totalmente responsable de sus actos y salió a los seis meses por buena conducta.

A Agnès le dieron cinco años en un instituto modelo de rehabilitación para pacientes psicóticos, sección femenina, y salió al año por buena conducta y satisfactorios resultados de los estudios psiquiátricos.

Al padre Sigmund y a Fray Bastien les dieron seis estantes y un anaquel respectivamente en la biblioteca pública que queda a la vuelta de mi casa.

Casos en los cuales puede una dama ceder su asiento a un caballero

En trabajos anteriores hemos estudiado con minuciosidad para no dar lugar a enojosos malentendidos, los casos en los que es de rigor que un caballero ceda su asiento a una dama. Ahora veremos las pocas instancias contrarias, aquéllas en las que una dama está, si no obligada, que es un término demasiado drástico para ser usado en torno a tan encantadoras criaturas, por lo menos autorizada a ceder su asiento a un caballero.

No crean nuestros lectores ni nuestras delicadas lectoras que esas instancias serán pretexto para justificar pérdida o mengua de la femineidad que adorna a nuestras señoras y señoritas, o que las hemos de incitar a convertirse en seres rudos, decididos y desvergonzados. Nada de eso, ¡líbrenos el Cielo de semejante intento de alterar el orden natural de las cosas! Pero hay ocasiones en las que una representante del sexo débil puede demostrar su generosidad y benevolencia en una momentánea y graciosa renuncia a los derechos que la asisten. Veamos, pues, cuáles son esas oportunidades.

Si asciende a un vehículo público rodante, autopropulsado o de tracción a sangre, un caballero de muy avanzada edad, la dama más cercana a él que se halle en las condiciones apropiadas para hacerlo, puede cederle su asiento.

Precisemos los términos. Por caballero de muy avanzada edad entendemos anciano que ha sobrepasado con holgura los límites de la octava década de la vida y que, aun si está en posesión plena o semiplena de sus facultades físicas e intelectuales, se encuentra cercano al límite de su prolongada vida. Por dama que se halle en las condiciones apropiadas significamos señora o señorita joven, fuerte, sana, vivaz, alegre y de buena disposición física y moral. Con lo cual va sin decir que excluimos a las futuras madres, a las cloróticas, neurasténicas, convalecientes de cualquier dolencia, y afectadas de debilidad congénita o adquirida de alguno de los sistemas de su organismo o de más de uno a la vez.

Si el caballero que asciende al vehículo de las características antes mencionadas está enfermo de cierta consideración, o moribundo debido a una afección grave, una dama saludable, sea joven o madura, puede magnánimamente ofrecerle su asiento.

Se conocen las enfermedades de la índole citada en los siguientes signos que pueden presentarse aislados o combinados o aun todos juntos al mismo tiempo y en el mismo individuo: color de piel amarillento, grisáceo o verdoso o las diversas combinaciones de los tres; color morado apoplético que indica proceso agudo (en caso de observarse, nuestras frágiles señoras y señoritas harán bien en apearse cuanto antes a fin de ahorrarse dramáticas escenas que pueden dejar huellas imborrables en sus tiernas almas); escleróticas oscuras, opacas, surcadas por venillas o de color amarillo cadmio; venas de la frente y cuello demasiado prominentes o que laten en forma desusada; respiración entrecortada y rápida (este signo no debe tenerse en cuenta si el caballero ha tenido que correr para alcanzar el vehículo); el vientre abultado puede ser muestra de afección grave, pero debe pasárselo por alto (a menos que sea duro, tenso y timpánico, cosa que evidentemente no se puede comprobar en un vehículo de transporte de pasajeros) porque existe la posibilidad de que provenga de la gourmandise del caballero; temblores generalizados; gemidos y/o quejas incontrolables; imposibilidad de mantener erguida la cabeza o de aferrarse apropiadamente a los pasamanos ad hoc; y finalmente, propensión al síncope o al desmayo, o colapso efectivo de la persona.

Se conoce a un caballero moribundo en la acentuación de los signos que acabamos de detallar, o en el aspecto marmóreo de la piel, la mirada fija e inamovible, y la rigidez de las articulaciones.

Si al caballero en cuestión le falta alguna de las extremidades, por accidente, intervención quirúrgica o desgracia de nacimiento, en principio las damas están autorizadas a cederle el asiento.

Decimos "en principio" porque aquí hay que distinguir algunos casos especiales.

Si al caballero le faltan las dos piernas, es evidente que cualquier dama de bondadosos sentimientos se apresurará a ponerse de pie y permitirá que los señores presentes en el vehículo ayuden al desdichado a ocupar el asiento que ella ha dejado. Pero si le falta una sola pierna y, apoyado en muleta o bastón u otro artilugio, puede valerse para permanecer de pie, las señoras pueden conservar su asiento y solamente a alguna señorita muy joven le está permitido, si así lo desea, porque obligada a ello no está, hacer cesión de la comodidad de su asiento.

Si al caballero inválido la ciencia médica, tan asombrosamente adelantada en nuestros días, lo ha provisto de aparatos de metal, cuero, madera, goma, etcétera, que le permitan mantenerse en pie con cierta comodidad, las señoras y señoritas pueden continuar sentadas, tomando la precaución de no expresar con miradas insistentes (o huidizas, que en esta cuestión, como en tantas otras, todos los extremos son malos) que han advertido la desdicha que lo aqueja.

Pero si los mencionados aparatos han sido concebidos, construidos y aplicados con finalidades parciales como las de correr, saltar, bailar, subir a los árboles, patinar sobre hielo, dirigirse a la Bolsa de Comercio u otras instituciones similares, bajar escaleras, hacer andinismo, tratar de superar alguna clase de récord, jugar al golf, etcétera, y no se ha contemplado su utilidad para mantener al caballero en pie e inmóvil, las señoras o señoritas cercanas a él pueden ofrecerle las comodidas de que han venido gozando desde que iniciaron el viaje.

Si al caballero le faltan ambos brazos y es por lo tanto absolutamente seguro que caerá ignominiosa y dolorosamente al piso en cuanto el vehículo se ponga en movimiento, la situación no admite duda alguna y las damas pueden ofrecer sus asientos. Pero si le falta un solo brazo y el otro es fuerte, robusto, sano, completo, y se mueve en forma normal, entonces el citado señor puede tomarse de los pasamanos, barras y agarraderas, y no es necesario que ninguna dama renuncie a sus derechos. Hacemos la siguiente salvedad: es indiferente que el brazo faltante sea el izquierdo o el derecho porque sea cual fuere el que le ha quedado, el caballero ha debido por necesidad ejercitarlo hasta ponerlo en condiciones de ejecutar los actos de la vida diaria.

Si el caballero que aborda el vehículo es joven y fuerte y sano de cuerpo y posee afortunadamente sus cuatro extremidades pero padece de idiocia en cualquiera de sus grados, nuestras generosas señoras y señoritas están por supuesto facultadas para cederle el asiento.

Se conoce a un caballero que padece de idiocia (no importa cuál sea su edad puesto que es una deplorable condición que no avanza ni retrocede con el paso del tiempo) por su mirada extraviada o por el estrabismo que lo aqueja (signo que no es constante y puede faltar en aproximadamente la mitad de los casos); nariz ruidosa a veces obturada, a veces resoplante; boca entreabierta o francamente abierta, en ocasiones más de un costado que de otro; saliva que mana con facilidad y abundancia; lengua colgante (no siempre); indecisión en la marcha y en la prensión de los objetos; dificultad en la emisión de las palabras que puede llegar hasta la total incapacidad para hablar; y cierto caótico descuido en el vestir aun cuando sus prendas sean de buena calidad.

Las damas han de ser en estos casos muy prudentes, pero al mismo tiempo deben ser firmes y expresarse con claridad para ser entendidas en sus propósitos. Para lo cual no habrá dificultad alguna si, como suele suceder en estos casos, el caballero va acompañado de una persona que lo guía y lo asiste.

No se consideran afecciones o condiciones que autoricen a una dama a dejar su asiento a un caballero: el albinismo, la tartamudez, la falta de una oreja o de las dos, el bocio, los lobanillos, la miopía, el hirsutismo, la psoriasis, las cicatrices prominentes o fuertemente pigmentadas, y la micrognatia.

Si el caballero de que se trata se encuentra en estado de intoxicación alcohólica al ascender al vehículo, las damas no están de ninguna manera autorizadas a expresar ni con palabras ni con gestos y menos aun con la cesión del asiento, la compasión que pueda embargarlas. Antes bien por el contrario, es conveniente que muestren su disgusto ante semejante situación, e incluso que se dirijan en voz alta al conductor haciéndole saber sus intenciones de elevar una queja al Directorio de la Empresa. O que en casos extremos, profieran agudos gritos en demanda de auxilio.

Si asciende al vehículo un caballero cargado de diversos objetos (libros, paquetes, ramos de flores, valijas, portafolios, etcétera) o de un solo objeto muy voluminoso y/o muy pesado, las damas no tienen motivo alguno para cederle su asiento por muy incómodas o fatigadas que sean tanto su expresión como su apariencia general. Porque en efecto, es dable suponer que el señor en cuestión lleva su(s) carga(s) por elección y decisión propias, ya que hubiera podido encargar el transporte de los fardos a algún sirviente o empleado, e incluso haber pedido ayuda a algún pariente o amigo. De modo pues, que no es caso de consideración hacia el prójimo, a menos que el caballero esté además comprendido en alguna de las categorías antes mencionadas (avanzada edad, enfermedad del cuerpo o de la mente, invalidez) sino de simple prescindencia ante la libertad ajena de elegir si se ha de marchar por las calles con las manos libres u ocupadas.

Se nos objetará quizá que si el señor que sube al vehículo lleva en brazos a un niño de corta edad o a un infante, habría que considerar la cuestión desde otro punto de vista. Pues no, respondemos, ya que no es muy apropiado ni conforme a las costumbres que un caballero lleve a su hijo en brazos fuera de la intimidad del hogar; a menos que se trate de un caso urgente, situación en la cual, por cierto, el apresurado padre habría tomado un taxi con la premura que es de imaginar.

Diremos aquí que es la madre, en caso de salida en un vehículo público, quien debe llevar a su hijo pequeño como una expresión más de sus sagrados y sublimes deberes, y siempre que no vaya acompañada por la niñera o institutriz quien cumplirá cargando al niño con una parte de la tarea que se le ha encomendado.

Y transitando más allá por el sendero de las suposiciones, permítasenos advertir que un hombre que lleva a un infante en brazos puede no ser su padre: puede ser un pariente que ha sacado al niño de su casa sin conocimiento y aun sin permiso de los progenitores; puede ser un bergante de baja condición cómplice de una niñera infiel; y hasta puede ser un secuestrador miembro de una siniestra banda de malhechores. Así pues, es necesario estudiar detalladamente el semblante y la manera de conducirse de un tal sujeto y no dejar de observarlo con gesto reprobatorio y grave que llame a la reflexión y mueva eventualmente al arrepentimiento.

Si el caballero que asciende al vehículo es un muy importante personaje público, el presidente de la República por ejemplo, y si los asientos están todos ocupados por damas y no hay por lo tanto caballero alguno que lo haga, una dama joven o una señorita (pero no una señora madura y de ningún modo una anciana) puede ponerse prestamente de pie y ofrecerle el asiento dirigiéndose a él con el ratamiento de rigor. Ofrecimiento que desde luego el preclaro personaje se apresurará a rechazar firme y amablemente. Pero si se trata del presidente electo, entonces ninguna dama debe tener el mismo gesto. Bastará en ese caso con una rápida mirada de reconocimiento en el momento oportuno, que el caballero agradecerá in petto y que recordará sin duda cuando haya asumido el ejercicio de su alto cargo.

Y finalmente, si el caballero que acaba de subir al vehículo es el abuelo, materno o paterno, de una de las damas que viajan en él, la señorita o señora joven debe ponerse de pie y dejarle su asiento si está cerca de él, o llamarle discretamente la atención y hacer lo mismo cuando el anciano señor llegue junto a ella.

Innecesario es decir que las precisiones que hemos apuntado son válidas para todo vehículo que transporte pasajeros, pero no aplicables en los salones de casas particulares, mansiones, casas de campo u otros recintos en los que se lleven a cabo reuniones sociales, bailes, comidas, saraos, etcétera*. Allí será la dueña de casa o quien actúe en lugar de ella, quien procurará que todos tengan oportunidad de sentarse, quedando a elección de cada uno y cada una el hacerlo o no, según las circunstancias, las conveniencias y también, por qué no, las preferencias.

Cerramos estas palabras exhortando a las damas a releerlas atentamente y asegurarse de que recuerdan los casos particulares que hemos expuesto y sus posibles variantes, pues la conducta apropiada en cada uno de ellos realzará sin duda las virtudes, los encantos y los atractivos morales de las bellas almas que anidan en tan delicados seres, y contribuirá a conservar intactos para ellas la admiración y el respeto de los caballeros, los más preciados trofeos a los que ellas pueden aspirar.

* Véase nuestra obra *Florilegio de Gracia y Encanto para Niñas que Debutan en Sociedad,* cap. XVI.

De cómo cinco aventureros descendieron a las profundidades y de los sucesos que allí acontecieron

A Laura Benetti
y a la memoria del Pichi Huinca

Estaban alrededor de una de las mesas del Burgundy y eran como las dos de la tarde, El Cuervo, el Pichi Huinca, Laura, Jorge Isaías alias The Tiger of the Pampas y Trafalgar Medrano.

–Pues a que no sabéis quién se nos ha muerto.

Dijo Jorge que venía con viento idiomático a favor porque acababa de contar un cuento de gallegos, cosa que es una infamia porque no hay más que acordarse de Don Miguel de Unamuno por ejemplo aunque Don Miguel era vasco, y de Fray Bastien de Montemayor y Eguiluz y de Don Juan Arcal que tampoco era gallego sino aragonés y era mi abuelo, para saber que no todos los gaitas son más brutos que un par de botines Patria. Pero para qué vamos a andar cavilando sobre detalles y personas que nada tienen que ver con lo que viene a continuación.

–Quién –dijo Laura.

–Bruno Bellini, ahí tenés –dijo Jorge.

–Qué barbaridá –dijo el Pichi Huinca.

–Vos querés decir Benvenuto Cellini –dijo Trafalgar.

–Vamos, maestro, que tan despistado uno no es –dijo Jorge–. Bruno Bellini, eso quiero decir.

–La gente se ha vuelto flojona –dijo el Pichi Huinca–. Mucho progreso, mucha electrónica, mucho antibiótico pero viene el invierno y caen como moscas. Hay que castigar el cuerpo, mi amigo, eso es lo que hay que hacer. Levantarse a las cinco de la mañana.

–Ay –hizo Laura.

–Cállese, mocosa –dijo el Pichi Huinca–, respete a sus mayores. Levantarse a las cinco de la mañana, hacer flexiones durante una hora por lo menos, darse una ducha fría, tomar unos amargos y una copita de grappa, no abrigarse mucho y salir a trabajar. A pie. Nada de auto y menos de motocicleta, caramba.

Laura no dijo nada: respetó a sus mayores pero se retorcía en la silla. Marcos la miró y sonrió porque los oía; estaban cerca de la barra en una de esas mesas de allá atrás por ahí por donde le gusta ir a sentarse a mi tía Josefina.

–¿Y cuándo murió este muchacho? –preguntó El Cuervo.

–Supongo que no vas a pretender que vayamos todos juntos al velorio –dijo Laura.

–En mil ochocientos ochenta –dijo Jorge–, hace hoy

justo cien años, lo leí en "Clarín", venía con recuadro y todo.

–Pobre tipo –dijo El Cuervo–, mirá todo lo que se ha perdido por morirse hace cien años.

–Ya ves, Pichi Huinca –dijo Trafalgar–, que sin progreso y sin antibióticos la gente se moría igual.

–Pero no tanto porque no había motos –dijo Jorge– y porque había mucha menos gente.

–Dejá de hacer humor negro –dijo Laura–. ¿Quién era Bruno Bellini?

–¡Cómo! –dijo Trafalgar Medrano–. Pero ¿vos no sabés quién era Bruno Bellini? Parece mentira m'hijita, con una madre culta como tenés, con una carrera universitaria casi terminada, no saber esas cosas. A veces te doy la razón, Pichi Huinca, qué se puede esperar de la juventud de hoy en día.

–Ah, sí –dijo Laura–, te juego lo que quieras a que vos tampoco sabés.

–Claro que no –dijo Trafalgar–, pero yo no soy más que un humilde comerciante y no siempre puedo andar entre gente instruida.

–Bueno, basta che –dijo Jorge–, ni los diarios leen ustedes, qué vergüenza, y uno tiene encima la pretensión de vender libros. Bruno Bellini era un químico italiano que nació en Novara en 1849.

–Mirá qué joven se murió –saltó Laura–. ¿Ves, Pichi Huinca, ves? Para mí que no castigaba el cuerpo.

–Le iba muy bien –siguió Jorge como si nada– y hasta daba clases en la Universidad de Bolonia y hacía esos experimentos que hacen los químicos y publicaba tratados y daba conferencias. Pero un día va y se le muere la novia un mes antes del casamiento. La muy idiota se cayó por el balcón, podés creer, y se hizo puré en la calle. Eso al Bruno le trastornó la azotea, no me interrumpás, Laura, no me expliqués nada, mirá que yo soy un romántico que prefiere que la gente se vuelva loca de amor y no de sindromes obsesivos ni de brotes paranoides. Le revolvió la sesera y aunque siguió dando clases y diciendo discursos y portándose como un químico serio y trabajador, le dio con que no todo estaba perdido y se puso a investigar en secreto para demostrar la existencia concreta del alma.

–¿La qué? –graznó El Cuervo.

–Hágame el favor –dijo el Pichi Huinca.

Trafalgar Medrano no dijo nada.

–Típico –dijo Laura.

–Lo que él quería –dijo Jorge– era averiguar cuál era la composición química del alma para fabricar en el laboratorio una que fuera igual a la de la mina del balcón, meterla en una bolsita de polietileno.

–No había –dijo El Cuervo.

–Bueno, en una caja de marfil tallado, también vos, qué te hace un anacronismo más o menos, y después plantársela a alguna otra mina en el momento en que muriera y su propia alma la abandonara.

–Lo que él quería era otra mina –dijo Trafalgar–, qué tantas vueltas.

–Lo que él quería era el raje perfecto de una realidad insoportable –dijo Laura.

–La cosa es que un día lo metieron en cana por robar cadáveres frescos y por hacer lío en los velorios de señoritas atractivas.

–¿Y por eso pasó a la historia? –preguntó el Pichi Huinca–. Vea qué antecedentes lamentables para hacerse famoso.

–Pero no –dijo Jorge–, pasó a la historia por lo de antes, cuando estaba cuerdo, por los trabajos de química que había hecho y los libros que había escrito sobre la composición de no sé qué gases y el comportamiento de los sulfuros o los sulfatos o los sulfitos o algo así. Además como no era para tanto y se probó que no quería los cadáveres para actividades necrofílicas, lo largaron al poco tiempo y entonces se hizo anacoreta.

–Andá –dijo Trafalgar.

–Si te digo que lo leí en el diario y que fui a una enciclopedia a ver si era cierto, no veo por qué te tenés que poner incrédulo.

–Se puso un sayal y agarró un báculo y se fue al desierto, contame.

–A una cueva –dijo Jorge.

–El símbolo adecuado –dijo Laura que hacía semanas que andaba con Jung bajo el brazo, mejor dicho con un libro distinto de Jung cada tres o cuatro días.

–Y se supone que murió ahí.

–Cómo se supone –dijo el Pichi Huinca– si vos acabás de decir que hoy hace justo cien años que murió.

–Claro, porque se metió en la cueva y no salió más pero siempre había alguien que lo veía ir y venir en la oscuridad de adentro o acercarse a la entrada y las viejas mojigatas le alcanzaban comida. Un día ya no lo vieron y empezaron con que se había muerto o estaba muy enfermo pero nadie quería entrar por el asunto medio fulero ése de los cadáveres robados y cuando se decidieron y entraron con policía y todo que eso vino a ser como tres meses después, no se veía a nadie adentro de la cueva. Es uno de los Grandes Misterios de la Historia, con mayúsculas.

–Había rajado y tiraba manteca al techo en París –dijo Trafalgar.

–Callesé, compañero, no me arruine la escena final –dijo Jorge–. Encontraron un jergón de hojas secas y ramas, nada cómodo, una mesa bastante mal hecha, unos libros de oraciones, una calavera, unas velas, esas porquerías que es obligación tener si uno se hace ermitaño. Y vieron que el tipo había alisado una de las paredes de la cueva y había pintado con los dedos, usando el barro colorado que había por todas partes, un retrato de la tarada que se le había venido en banda desde el balcón. También había cavado una tumba.

–Claro –dijo Laura–, y no me interrumpas vos a mí ahora. Fijate que ese tipo de personalidad neurótica no sólo se rinde a Tánatos sin pelear sino que la busca, la corteja y la seduce, y el triunfo final es goce precisamente porque es dolor y duelo. La preparación de la tumba era inevitable, estaba cantada. Y casi te diría que la caída de la mina por el balcón no fue accidental: por algo él había elegido a esa mujer y no a otra.

–Muchacha, sos un genio –dijo Jorge.

–Para quién era la tumba –dijo Trafalgar.

–Para él –dijo Laura–, para quién iba a ser. Simbólicamente también era para ella, claro, y era algo más que una tumba.

–Un genio –dijo Jorge–, te digo que es un genio.

–Delirios psicoanalíticos aparte –dijo El Cuervo–, cómo sabés que la tumba era para él.

–Porque él estaba adentro –dijo Jorge.

Causó sensación. Dice Marcos que causó sensación. Hasta se sonrió por debajo del bigote y se lo retorció con suficiencia. Los otros, silencio absoluto.

–Puajjj –hizo por fin el Pichi Huinca.

–Melodramático mal gusto, si querés mi humilde punto de vista –dijo El Cuervo.

–Me imagino el olor –dijo Trafalgar.

Jorge volvió a causar sensación cuando dijo que no había nada de olor porque el cadáver no estaba descompuesto.

–De manera que eso que los diarios llaman la opinión pública se largó a fantasear y se llegó a tres posibles soluciones. Primera, que no estaba muerto sino cataléptico. Segunda, que se había muerto el día anterior o hacía un rato nomás. Tercera, que se había muerto hacía tres meses, el día en que dejaron de verlo que es el que el diario dice que se tomó como fecha de la muerte, y que era un milagro. Como la tercera era la más disparatada, se quedaron con ésa y se fueron a reculones y persignándose a hablar con el obispo. Pero la Iglesia también tiene sus burocracias y hasta que contaron y se les tomó declaración formal y se hicieron petitorios y se elevaron a Roma, pasó otro mes. Y cuando volvieron a entrar en la cueva que ya era medio lugar de peregrinación como que había habido que poner una reja para que nadie anduviera revolviendo y quizá profanando lo que había adentro, el cadáver ya no estaba. Y no se lo encontró nunca más.

–Alguien se lo robó.

–No estaba muerto.

–Claro, cómo se iba a morir un loco lindo como ése.

–¿No sería un veintiocho de diciembre?

–Seguro que por ahí anda, envasando almas en latas de paté de pavita.

–¿Ves que no se puede creer en lo que dicen los diarios?

–Y menos en las enciclopedias que vende Jorge.

–El tipo está vivo, qué te juego.

–A la otra cuadra de mi casa vive un viejo de apellido Bellini, ¿no será ése? Claro que es agrimensor.

–Qué poco adecuado.

–¿Se llama Bruno?

–Ya se sabe que a los agrimensores se les importa un pito del alma.

–No, se llama Roberto ele.

–Es más, se dice que no tienen alma.

–No es.

–Además no va a andar viviendo a la otra cuadra de la casa de alguien.

–¿Te lo imaginás en un departamento interno de dos ambientes?

–Debe estar en alguna cueva.

–Eso –dijo Trafalgar y pegó con el puño en la mesa–. Eso mismo.

Todo el mundo preguntó algo pero Marcos estaba ocupado y no les llevó mucho el apunte.

–A ver –le preguntaba al rato Trafalgar a Laura–, qué es una cueva.

–Y yo qué sé, che, ¿te creés que estudio geología ahora? Una formación subterránea natural, supongo.

–Pero no. ¿Qué dicen Freud y Jung y Adler y todos esos piantados del año cero que es una cueva?

–Ah –dijo Laura–. Bueno, mirá, hay que tener en cuenta varios niveles.

–Ahí está –dijo El Cuervo–. Es por eso que un tratamiento con un reducidor de cabezas dura diecisiete años por parte baja.

–Callate, qué sabés vos –dijo Laura.

–Cállense los dos –dijo Trafalgar–. Decime, muñeca, una cueva significa algo, ¿no?

–Todo significa algo.

–Sonamos –dijo Jorge.

–Quiero decir –dijo Trafalgar– que si vos soñás todas las noches con cuevas o si te creés que vivís en una cueva y no en un quinto piso de la calle Mitre, o si creés que vos sos una cueva y no un pasable exponente del otro sexo, el jíbaro del diván tiene que empezar por las cuevas, ¿eh?

–No es rigurosamente necesario pero si uno no hace más que hablar de cuevas se empieza por cuevas, claro.

–Bueno –dijo Trafalgar–, empecemos por las cuevas.

–Y eso qué quiere decir –dijo el Pichi Huinca.

–Vos también sos un genio, Medrano –dijo Jorge.

–No sé si los entiendo –dijo El Cuervo.

–Pero sí que me entienden. Nadie lo vio morir al Bruno Bellini, ¿no es así? Nadie comprobó que estaba muerto ahí en la tumba si es que el que estaba en la tumba era él, ¿no es así? Los diarios sacan una notita con recuadro y todo y aseguran que se murió hace cien años. Pero ponele que no y que ande investigando el alma o que la tenga ya investigada a fondo. Un tipo al que se le ocurren esas cosas y a que además de ocurrírsele las pone en práctica, no se muere así nomás. No es tan fácil morirse. Y fijate que no es el que vive a la otra cuadra de tu casa. Ergo: tiene que andar todavía por las cuevas. Y más ergo: a quién no le gustaría encontrarlo y charlar un poco con él.

–Por supuesto que tenés razón –dijo Jorge.

–Qué imaginación enfermiza –dijo el Pichi Huinca.

Pero la cosa es que por qué no lo iban a intentar. Como siempre, hubo un lío a ver quién pagaba. Ganó Trafalgar con protestas de Jorge y de El Cuervo y abstinencia de Laura que es una niña bien educada y sabe comportarse. El Pichi Huinca no terció porque considera que a los ancianos, como a las señoritas, los tienen que invitar los demás. Se pararon junto a la puerta.

–Vamos a organizarnos –dijo el Pichi Huinca–. ¿Por dónde se empieza?

–Por cualquier parte –dijo Laura–, con todas las cuevas que debe haber en el mundo, da lo mismo. Pero no demoremos mucho que después quiero ir a buscarlo a Jorge.

–Si me tenés al alcance de la mano, belleza –dijo Jorge.

–Oíme, no te me pongás seductor. El otro Jorge.

–Qué tiene ese tipo que no tenga yo, a ver, vamos, decime. Vitrales tiene, y barba, gran cosa.

–Seriedad –dijo Trafalgar–. Andando.

Serían las tres menos cuarto cuando andaban por la primera cueva. De morondanga, como dijo El Cuervo. Pintoresca, aseguró de primera intención el Pichi Huinca.

–No me van a hacer creer que un feligrés que anda tratando de sintetizar el alma con tubos de ensayo y un mechero Bunsen se puede llegar a sentir cómodo en esta cueva sin dignidad –dijo Jorge–. Pero mirá, mirá eso, latas de cerveza, mirá, y papeles grasientos.

–Y artículos más íntimos; usados, por supuesto –dijo El Cuervo.

–Qué vergüenza –dijo el Pichi Huinca mirando para donde estaba Laura–. ¿Usted permitiría, che, que sus hijas vieran este espectáculo deplorable?

–Jamás –dijo Jorge–. Tengo la escopeta lista debajo de la mesa.

Así que resolvieron ir a ver qué había un poco más abajo.

–Altamira –dijo El Cuervo.

–Lascaux –porfió Trafalgar.

–Miren, miren –dijo Laura.

–No me interesa –dijo Jorge–, todo ese asunto de los hombrecitos y los bisontes prehistóricos me tiene sin cuidado, yo no paro hasta no ver el retrato de la mina del balcón.

–A mí dejenmé de esas cosas –dijo el Pichi Huinca–, serán muy interesantes para la arqueología y la historia pero yo prefiero un cuadro de veras, con una pintura más real, más llena de sangre y de vida, caballos al galope por la pampa por ejemplo, eso que uno mira y le parece sentir el viento silbándole en las orejas.

–Vos también sos un romántico, Pichi Huinca –dijo Jorge.

–Psssé.

–Son unos burros los dos –dijo Laura–, vengan, vengan a mirar y a desasnarse. Miren esta figura, no ésa no, ésta con cabeza de animal, ¿ven?, probablemente era una máscara pero sobre todo era un puente entre el sí-mismo y el mundo externo y natural, no contaminado, ¿te das cuenta? El tipo se ponía la máscara y se incorporaba al universo: no sólo estaba propiciando sino que estaba protegido por el animal, y más todavía, él era el animal así que lo que hiciera o sintiera lo iba a hacer y sentir el animal. Y así el cosmos era perfecto, sano, sin disociaciones.

–La chica tiene razón –dijo Trafalgar–, pero en este momento el cosmos no es perfecto porque dónde está el fabricante de almas en cajitas de marfil labrado, a ver, que alguien me lo diga.

–Claro –dijo El Cuervo–, si algo no está o está en otra parte, de qué perfección me hablás.

Laura no quería irse. Había guerreros y mujeres

danzantes y no caballos a la carrera pero sí alces vigilantes y hasta una serpiente con cuernos. Le prometieron más danzas, más alces y el viento silbándole en las orejas y bajaron un poco más. Y hay que decir que no fue una desilusión, ni para Laura ni para nadie.

–Me parece que metimos la pata –dijo El Cuervo.

–Bueno, che, entonces yo me voy; a ver si me cierran el banco –dijo el Pichi Huinca.

–Pero no, Pichi Huinca, cómo te vas a ir –dijo Laura y se le colgó del brazo–, mirá dónde estamos.

–Vamos, vamos, m'hija, no macanee, esto no es una cueva –dijo él.

–Sí que es, sí que es.

–En todo caso son varias.

–Dónde viste una cueva con paredes empapeladas vos.

–Y por qué no.

–Agarremos para aquel lado.

Había un corredor flanqueado por cariátides aladas, de ojos sombreados con kohl y túnicas flotantes de lamé, que sostenían un techo brumoso muy alto, y por allí caminaron hacia el sur, hacia las estaciones termales y el carnaval de Dionisos, como dijo Jorge, para desembocar en una cosa terrible de ver.

–¿Estás contento ahora, Pichi Huinca? –preguntó El Cuervo–. Esta sí que es una cueva, la mamá de todas las cuevas.

–No jorobe, che –contestó el Pichi Huinca–. Esto es una catedral.

–Las catedrales de papel de Tippanerwade III –dijo Trafalgar–, los mausoleos de piedra blanca de Edamsonallve-Dor.

–Las termas de Roma –dijo Jorge–. Funcionarios panzones untándose con aceites, jueces biliosos hundidos hasta el cuello en el agua tibia, esclavos nubios pisando descalzos los mosaicos de colores, la luz blanca sobre las fuentes y las ánforas, y afuera el otoño del Imperio.

–Oí hablar una vez de un tipo que encontró el universo en una habitación de su casa –dijo Trafalgar.

–Es muy temprano para eso –dijo Laura despacito–, si hasta tengo tiempo de ir a buscarlo a Jorge.

Atravesaron la cosa terrible de ver entre el incienso y los miasmas, a largos pasos por los callejones de Lagash y el asfalto caliente de Brooklyn y las murallas de Palma Nova, cruzando andenes y estadios y avenidas de pinos entrevistos por músicos y el escenario en el que se cantaba "Madame Butterfly" y los atrios de basílicas saqueadas, al borde del Gran Canal por la Puerta de Damasco, del otro lado del río y entre los árboles, hasta llegar a Baker Street. En donde les fue abierta la puerta para que entraran al vestíbulo que olía a madera y a tabaco; se oía sonar el violín y de vez en cuando la voz grave de un hombre, un caballero sin duda, que hacía comentarios benévolos; la puerta se cerró y golpearon en la calle los cascos de los caballos sobre el empedrado irregular. Subieron por la escalera de baranda labrada y dejaron de oír las voces del violín, el hombre y el coche, y resultó que estaban en la antecámara de la biblioteca ilimitada y periódica en la que tuvieron que no ver al hombre invisible y por la que bajaron una vez y otra y muchas veces los hexágonos sin encontrar, por supuesto, el libro único cuya página central no tiene revés.

–Las bibliotecas me deprimen –dijo Trafalgar mientras iba bajando.

–Ahá –dijo Jorge–, como si vos no tuvieras biblioteca en tu casa.

–Eso no es una biblioteca, Tigre, ésos son mis libros.

–Francamente, qué manera de haber libros –dijo El Cuervo–; salgamos de acá de algún modo, aunque sea por la ventana.

–No hay ventanas –dijo el Pichi Huinca– ¿no te diste cuenta de lo mal ventilado que está esto? Debe estar todo comido por las polillas. ¡Fiiiuuu!, le das un soplo y se hace polvo.

–No tiene ventanas pero tiene sótano –dijo Jorge.

–Cómo sabés.

–Digo. Eso es una puerta trampa. Y las cosas como puertas trampa suelen llevar a cosas como sótanos.

Levantaron la tapa que chirriaba.

–Hmmm –hizo Trafalgar–, hasta puede que sea una bodega.

No era. Bajaron por los escalones de piedra que se retorcían y volvían sobre sí mismos, siempre para abajo y más abajo.

–Ahí tenés otra cueva.

–Y una luz.

–Es el mechero Bunsen de Bruno Bellini –dijo El Cuervo.

No. Tampoco era. Era una lámpara Miller muy pulida, muy brillante, con tulipa de opalina blanca, sobre una mesa Chippendale con tapa de mármol blanco. Junto a la mesa, en una silla de respaldo muy alto, se sentaba una mujer muy vieja, muy bella, muy tranquila, que tejía frivolité.

–Hola –dijo Laura.

La mujer dejó de tejer, se sacó los anteojos y la miró. Después lo miró al Pichi Huinca:

–Es muy joven, ¿no? –le preguntó.

–Una criatura –dijo el Pichi Huinca–. Ahí la tiene, estudia, tiene un novio, sale y se divierte, es libre, no tiene responsabilidades ni problemas. Yo no sé de qué se quejan los jóvenes.

–Digamé señora –dijo Jorge–, ¿usted no lo conoce a Bruno Bellini?

–Bellini –dijo la mujer–. Me suena. A ver, espere. Estaba Jacopo Bellini, que pintaba. Giovanni también pintaba, y Gentile que era el hermano menor, también.

–No –dijo Trafalgar–, éste es químico.

–Ah no, entonces no eran esos Bellini. Tampoco pueden ser Vincenzo Bellini que era músico, ni Romolo que era alquimista. ¿No será ése? Usted sabe que de alquimista a químico hay apenas unos años de diferencia.

–No, no. Bruno, Bruno Bellini se llama.

–Me parece. Dejemé pensar. Me acuerdo de Richard Emerson Bellini que era mafioso, un pionero en su especialidad, ¿usted oyó hablar de los punzones para picar hielo? Y también de Benito Bellini que tenía una cadena de zapaterías, y de Giancarlo Bellini que cantaba. Y de Ercole Bellini que era pastor y no sabía ni leer ni escribir; además no andaba muy bien de la cabeza y se volvió enteramente loco cuando se enteró de que era hijo natural del señor de Fiesole. Y por supuesto me acuerdo del Cardenal Bellini y del Rabino Bellini y del apóstata Procusto Bellini. ¿Quiere creer que hubo un Bellini en la guerra de los Boers?

–¿Y a Robert o L. Bellini lo conoce?

–Pero claro, el agrimensor. Bella persona, créame. Del que no me acuerdo es del químico. Es que tampoco se puede pretender que me acuerde de toda la gente del mundo, me parece.

–No, por supuesto que no.

La mujer bella se puso los anteojos y siguió tejiendo frivolité.

–Lamentamos haberla molestado.

–No es nada, no es nada. Lo que pasa es que a veces me enoja comprobar cuántas cosas le endilgan a una. Hay ciertas injusticias que todavía no se han reparado, ustedes comprenden.

–Sí –dijo Laura.

–¿Ve? –le dijo la mujer al Pichi Huinca–, ella es muy joven pero comprende.

–No saben nada de la vida, le aseguro –dijo él–. Qué quiere que sepan a los veinte años.

Se fueron y la mujer los saludó con la mano:

–Coma siempre el fruto del árbol prohibido, jovencita, no se deje acobardar –le gritó a Laura.

Laura lloró un poco mientras se alejaban pero no mucho porque Trafalgar estaba allí y le encanta levantar el ánimo de damiselas tristes así que le ofreció casarse con ella. Entonces Laura se rió y le dijo que estaba medio loco y él le contestó que sí, que por supuesto, y que menos mal que ella se había dado cuenta porque él no tenía ganas de casarse con nadie.

–Pero creo que sería un excelente marido– le dijo.

Laura volvió a reírse.

Y hablando de todo eso fue que llegaron a una cueva pedregosa y blanquecina, muy redonda, muy tibia, muy cómoda, muy a propósito para hacer la siesta o para dormir la mona o para descansar cien años sin hacer nada oyendo correr un hilito de agua que caía en alguna parte. Y en cuanto los cinco se sentaron en el suelo con un suspiro de satisfacción como se hacen esas cosas, empezaron a llegar ellas.

Casi todas eran delgadas, frágiles, delicadas, aunque había unas pocas que tenían sus buenos kilos de más. Todas tenían ojos brillantes y estaban muy bien peinadas y usaban vestidos fruncidos en la cintura o polleras plisadas, ropa muy escotada, de mangas cortas y de colores alegres como si hubiera sido verano en el campo. Y les sonreían y se les acercaban de todos lados.

–Mi Dios –dijo Trafalgar–, las novecientas abuelas de Rafael Aloysius.

Pero no eran novecientas, eran muchas, muchas más, vestidas de amarillo, de blanco, lavanda, anaranjado, rosa, lila, celeste, verde agua, gris perla, y tendían los brazos:

–Mi chiquita –dijeron algunas.

–Venga para acá –dijeron otras.

Una de ellas, vestida de lila, cuello y puños de encaje, aros de perlas, abrazó a Laura y la apartó de los demás. Vinieron otras y otras, y otras más, y se la fueron pasando de abrazo en abrazo, acunándola, cantándole, haciéndole caricias, enlazándole tantos dedos en el pelo, hablándole como se les habla a los bebés. sonriéndole, sentándola en las faldas, hamacándola.

–Por lo visto para nosotros no hay nada –dijo El Cuervo.

–No diga insensateces, por favor –le dijo enojada una mujer alta, de pollera amarilla y blusa blanca–. ¿Usted fue a la guerra acaso?

–¿Yo? –dijo El Cuervo muy sorprendido–. No, yo no, pero ella tampoco.

–Qué insolencia –dijo una mujer vestida de rosa–, pero qué insolencia inaudita. ¿Has oído, Aglae?

–Parece mentira, Rosamunda –dijo una mujer rubia y delgada–. Una ya no sabe qué pensar.

–Oiga, señora, qué tiene que ver la guerra acá – preguntó Jorge.

–¡Ajá! –dijo una mujer de vestido celeste–. ¿Cómo que qué tiene que ver la guerra acá? Como si se tratara de la guerra...

–Pero usted dijo.

–En primer lugar yo no dije nada. Fue Ripsina la que habló de la guerra. Y en segundo lugar, jovencito, si usted no sabe distinguir una figura retórica de una afirmación literal, sería conveniente que se quedara callado cuando los demás hablan.

–Bravo, Cenobia.

–Y en el mismo orden de cosas –dijo una mujer corpulenta vestida de blanco– yo podría preguntarle si a usted alguna vez lo crucificaron.

–Muy bien dicho, Camila.

–Es que no es posible permitir ciertas cosas, Petra.

–¿Lo llevaron a la hoguera?

–¿Alguno de ustedes sufrió el garrote?

–¿Se sentaron en el potro?

–¿Subieron a la guillotina?

–¿Salieron a la arena?

–¿Los despedazaron los leones?

–¿Atravesaron el Berezina?

–¿Los colgaron por el cuello hasta morir?

–Claro. Eso mismo. Contesten, a ver.

–Es que hay cosas, Antonieta, que a una le cuesta admitir.

–Estoy de acuerdo, Genoveva. Qué pretensiones las de estos señores.

–Ahora que lo pienso –dijo Trafalgar–, ahora que lo pienso, sí, ustedes disculpen, pero nos pasó todo eso.

–¡Cómo!

–No hagas caso, Teodora, lo mejor es ignorarlos.

–No, no, Zuleika, disentimos. Contesten: ¿así que a ustedes los izaron al cadalso, los supliciaron, murieron de frío y hambre, comieron ratas, los engrillaron, los expusieron a la curiosidad pública en una jaula?

–Mire –interrumpió Trafalgar–, en realidad a nosotros no, nosotros hemos tenido una vida más bien tranquila, diría que regalada, pero a muchos les pasó algo de todo eso, y a otros les pasaron varias de esas cosas que ustedes decían.

–Lo que es yo no tuve una vida regalada –dijo el Pichi Huinca–, qué se creen. Nadie sabe como yo lo que son las noches de frío y soledad en la Patagonia, a la intemperie, con el apero por almohada y un poncho por abrigo y el aliento de los animales como calefacción. Nadie sabe lo que es desear con la panza vacía una mesa bien puesta y con los huesos doloridos una cama decente. Nadie sabe lo que es conseguir todo eso y mucho más para venir a descubrir que se estaba mucho mejor con frío y con hambre, y no sólo porque uno tenía cuarenta años menos. Así que no hablés por mí, hacé el favor.

–No te enojés, Pichi Huinca –dijo Trafalgar–, que yo también he pasado las mías y vos sabés que respeto las tuyas.

–Pero éstas qué se piensan –dijo Jorge–, ¿que uno se sienta a escribir versos de puro lleno de alegrías y satisfacciones que a uno le ha dado la vida?

–A la guerra, mirá vos –dijo El Cuervo–, a la guillotina, mirá vos. Hay cosas peores, si lo sabrá uno.

Pero las mujeres les daban la espalda y parloteaban entre ellas sin oírlos. Laura ronroneaba con los ojos cerrados. También, no era para menos: las mujeres vestidas de verano tenían manos suaves y regazos blandos y voces de seda; olían bien, olían a miel y a claveles y a nuez moscada y a tierra húmeda en el sol y a torta recién horneada; eran poderosas y sonrientes y le rascaban la espalda con dedos rápidos y le contaban cómo era que había nacido y cómo era que había muerto la sabiduría en el mundo.

A ellos eso les era casi imposible de soportar. Estaban incómodos e irritados, estaban impacientes, pero sobre todo estaban celosos y tristes. Pero ya se sabe que los hombres no lloran. Puede ser que vayan a la guerra y que suban al cadalso y que sufran tortura, humillaciones y muertes atroces, pero no lloran.

–Vamos –dijo el Pichi Huinca–, vamos que se me hace tarde.

–Momento –dijo Jorge–, esperémosla a Laura.

–¡Eh, muchachita, nos vamos! –gritó Trafalgar.

–Ya vendrá, dejala –dijo El Cuervo y empezó a caminar.

Algunas mujeres los vieron irse:

–Se van, Agustina.

–Ya los vi, Ermelinda.

–Que se vayan, Eleonora, no te vas a preocupar por ellos.

Laura seguía sonriendo mecida por las mujeres tibias, escuchando cuentos y fábulas con los ojos cerrados.

Se detuvieron cuando ya no se oían las voces:

–Pero qué me contás –dijo Trafalgar–, un ascensor.

–Esto debe bajar a una mina.

–¿Con ascensor alfombrado y lleno de espejos? –dijo El Cuervo–. Vos sos loco, Pichi Huinca.

–Bajemos.

–¿Qué piso?

–Planta baja, por favor.

–Estamos arreglados. Tiene un solo botón.

–Y, apretalo, qué estás esperando.

Funcionaba maravillosamente, sin ruido, con suavidad, no muy ligero; pero tampoco era uno de esos cascajos que tardan y se sacuden y protestan y lo llevan a uno para arriba o para abajo como por obligación.

Les pasó algo muy curioso mientras el ascensor bajaba con esos buenos modales, con esa condescendencia amable de los artefactos antiguos, sólidos y bien cuidados.

–Oíme, Pichi Huinca –dijo Jorge.

–¿Qué te pasa, Jorge? Yo no soy el Pichi Huinca, soy Trafalgar.

–Qué le decís Jorge al Cuervo. Yo soy Jorge.

–No, Jorge soy yo.

–Estás confundido.

–Te estoy viendo perfectamente y sé que vos sos Trafalgar como sé que yo soy El Cuervo.

–Andá, El Cuervo soy yo y vos sos el Pichi Huinca.

–Por favor, yo soy.

–Pero si yo sé.

–Yo me acuerdo. Si yo fuera otro, me acordaría de otras cosas.

–No digan macanas.

–Pero vos no podés decirme a mí que vos sos yo.

El ascensor se paró con un chistido discreto.

–Llegamos –dijo alguien.

–Adónde llegamos, me querés decir –dijo otro.

–Y yo qué sé.

Salieron del ascensor y se miraron:

–Yo soy Trafalgar Medrano –dijo Trafalgar–, vos sos el Pichi Huinca, vos sos Jorge, vos sos El Cuervo.

–Sí –dijeron los otros.

–Y esto qué es.

–A lo mejor es la casa de Bruno Bellini.

No parecía la casa de nadie. Era nada más que una amplia habitación de paredes estucadas, con bancos, mostradores, mesas, piletas y estantes. Un hombre escribía, de pie frente a un alto pupitre de madera oscura. Trafalgar tosió. El hombre se dio vuelta para mirarlos: era joven, miope, no muy alto; tenía pelo y bigotes castaños.

–¿Sí? –preguntó mientras se sacaba los anteojos y se masajeaba el puente de la nariz con dos dedos de la mano izquierda.

–Disculpe –dijo Jorge–, ¿usted es Bruno Bellini?

–En efecto –dijo el hombre y volvió a ponerse los anteojos–, en efecto, sí, lo soy. ¿Con quiénes tengo el gusto de hablar?

Se lo dijeron.

–Ah –dijo Bellini–, ¿y qué desean los señores?

–Nos gustaría saber –dijo El Cuervo– cómo andan

sus investigaciones sobre la fabricación del alma en el laboratorio.

–Menudo problema –dijo el químico y suspiró–. En realidad, una vez que se lo enfoca desde el punto de vista correcto, desaparecen las dificultades que al principio prometían ser insalvables. Sí, así es. Los resultados entonces, son inmediatos y altamente satisfactorios, si puedo expresarlo así. La producción es fácil, qué digo, facilísima, de una sencillez infantil. Pero la distribución, la adjudicación del producto, eso, señores, ya es otra cosa. Me temo que me encuentro en un punto muerto –y les dio la espalda y siguió escribiendo.

–¿Por qué? –preguntó Trafalgar.

Bruno Bellini se volvió a medias, sin dejar de escribir:

–Evanescente, ¿comprende?, damasiado inestable. Tan pronto está acá, literalmente en el hueco de la mano, brillante, transparente, gélida, blanda y sonora, cuando ya está en otra parte. Me expreso mal: en todas partes. No hay lugar en el que no esté, se introduce en los resquicios, se cuela por las grietas, se deposita en los rincones, en las cuatro esquinas del universo. Un desastre.

Y con un gruñido de impaciencia hundió la pluma en el tintero y volvió a sus papeles. Lo dejaron solo.

En la cueva siguiente soplaba el viento del este que traía el olor del río.

–Menos mal –dijo el Pichi Huinca–, esto ya se estaba poniendo sofocante. Si ese viento no cambia, vamos a tener lluvia.

–¿Y si volvemos y la buscamos a Laura?

–¿Con todas esas viejas histéricas charlando como loros?

–Podríamos, de todos modos. Pero, ¿dónde quedaba el ascensor?

–Ahí hay una casa. Vamos a preguntar.

La casa era de madera pintada de blanco, con techos de chapa acanalada. En la galería un hombre tomaba té sentado en un sillón de mimbre. Había seis tazas, una tetera, vasos y una jarra con agua sobre la mesa cubierta con un mantel blanco. Las puertas y las ventanas de la casa estaban protegidas con tela metálica. En la cumbrera había una veleta inmóvil y el hombre calzaba sandalias y tenía puestos un pantalón de hilo crudo y una camisa blanca de mangas cortas.

–Buenas tardes –dijo Jorge.

–Ah, buenas tardes –dijo el hombre que tomaba té–. ¿Cómo están ustedes?

–Bien, bien –dijo El Cuervo.

–Un poco cansados –dijo el Pichi Huinca.

–Sí, ¿verdad? –dijo el hombre–. Me imagino, claro. Pero siéntense, por favor, y acompáñenme con una taza de té.

–Bueno, gracias –dijo Trafalgar.

–Es un gusto volver a verlo –dijo el hombre sirviendo té para los cinco–. Nos hemos encontrado antes, ¿se acuerda?

–Sí –dijo Trafalgar–, por supuesto.

–¿Toman azúcar? ¿Alguno de ustedes quiere leche o un poco de crema? Sírvanse, por favor.

–Muchas gracias.

–Nosotros lo que queríamos era ir a buscarla a Laura.

–Sí, eso es, pero no encontramos el ascensor.

–Ah, pero no imprta –dijo el hombre–, no se va a perder, es tan fácil llegar hasta aquí.

–Buen té –dijo Trafalgar.

–Sí –dijo Jorge–, hasta a mí me parece bueno y eso que a mí el té, francamente. Yo prefiero un café. O mate.

–No vas a comparar –dijo el Pichi Huinca–, son demasiado distintos.

–Y se toman en distintos lugares y a distintas horas y en distintas circunstancias –dijo El Cuervo.

–Yo te estaba hablando del paladar, no de la sociología del gusto –dijo Jorge.

El hombre de la casa de madera blanca se rió.

–Hay que ver –dijo Trafalgar– los lugares raros en los que he vendido té.

–¿Qué tal? –dijo Laura.

Se levantaron para saludarla y ella se acercó y el dueño de casa puso una silla más frente a la mesa.

–¿Encontraste el ascensor? –preguntó El Cuervo.

–Qué ascensor.

–¿Va a tomar una taza de té? –preguntó el hombre.

–Sí, gracias –dijo Laura–, sin azúcar. Qué rico té.

–¿No bajaste en el ascensor? –preguntó el Pichi Huinca.

–No.

–Entonces, ¿tampoco lo viste a Bruno Bellini?

–Pero salí, eso de Bellini es un cuento de Jorge, ¿no lo conocés todavía?

–Si me permiten –dijo el anfitrión–, lo que sucede es que hay algunos otros caminos y la niña, sin duda, ha tomado uno de los más cortos.

–No me pareció muy corto –dijo Laura–, pero era lindísimo.

–¿Sabe qué pasa, hijita? –dijo él– Que hay ciertas geografías irremediables. Y otras que por el contrario no lo son. A las primeras hay que dejarlas de lado, eso es lo más conveniente, pero sin ignorarlas, desde luego.

–Cierto –dijo Laura–, lo mismo pasa cuando una estudia psicología.

–Ah, claro –dijo el hombre–. Y pasa en todas las disciplinas, en todas las materias, puedo decirlo con conocimiento de causa porque entre otras cosas he sido maestro. Pero lo que hay que tener siempre en cuenta es el equilibrio y también hasta cierto punto la simetría, claro que de ningún modo una simetría rígida o inamovible. El ejemplo ideal sería el de una balanza un segundo antes de que el fiel se aquiete. ¿Más té?

–Bueno.

–Un poema también es un buen ejemplo –dijo Jorge.

–Sin duda, sin duda –dijo el hombre de la casa de madera blanca–, porque el poema no llega a detenerse pero sus partes permanecen ingrávidas y por lo tanto obedientes.

–Es que hay versos que no se olvidan nunca –dijo el Pichi Huinca–, ésos que uno lee y vuelve a leer aunque ya se los sepa de memoria.

–Así es.

–Nos vamos –dijo Laura–, es tarde.

Así que dejaron las tazas sobre la mesa, se levantaron y se despidieron.

–Muchas gracias –dijeron.

El hombre les sonrió:

–Hacia allá –les dijo.

El camino no era muy ancho y tenía curvas; no estaba alfombrado ni cubierto de mosaicos de colores ni sembrado de piedras blanquecinas sin aristas, pero se recorría fácilmente, y cuando salieron de las cuevas, por las arcadas de la Gruta de Boboli, seguía haciendo frío.

–Qué suerte –dijo el Pichi Huinca mirando el reloj del palacio Fuentes que daba las campanadas de las menos cuarto en ese momento–, todavía no cerró el banco.

–Hay cosas que vas y las contás y no te las cree nadie –dijo Trafalgar.

–Como todas esas macanas sobre Bruno Bellini –dijo Laura.

–No son macanas –dijo Jorge–, el pobre hasta tenía un laboratorio del que estaba enamorado así como Mauricio tenía sus jazmines. Y ahora que me acuerdo, en Los Quirquinchos había un par de casas con veleta.

–Chau –dijo el Pichi Huinca–, y no me vayan a venir otra vez con cosas que se leen en los recuadros de los diarios.

Dijo El Cuervo:

–Nunca más.

De te fabula narratur

El cuerpo humano consta de varias partes como cualquiera puede apreciar a la simple observación directa (o palpación directa en el caso de los no videntes llamados en estos últimos tiempos invidentes que por supuesto significa lo mismo salvo que se ha reemplazado el adverbio por un prefijo), a saber: primera, el cuerpo completo en sí, como un todo; segunda, la cabeza que es importantísima tanto por fuera debido a su dureza, resistencia, movilidad, elasticidad de sus cubiertas y otras cualidades físicas porque oficia de container, como por dentro debido a las especificidades de sus contenidos; en la cabeza está comprendido el rostro que aparte de su belleza o fealdad que son independientes de las decisiones de la persona que lo lleva, es utilísimo por razones tan comprensibles para todos que no escapan al criterio más obtuso ni a la inteligencia menos cultivada; tercera, el cuello que cumple funciones de istmo y de sostén; cuarta, el tórax o tronco que encierra las vísceras más nobles, muchas veces deterioradas inmerecidamente por el tabaco, la poltronería y otros vicios; quinta, las extremidades superiores compuestas por: hombro, brazo, codo, antebrazo, muñeca, mano; sexta, el abdomen que tiene en su interior vísceras menos nobles que las que adornan el tórax pero no por eso menos necesarias; séptima, las extremidades inferiores compuestas por: cadera, muslo, rodilla, pierna, tobillo, pie.

Cada una de estas partes o segmentos puede a su vez dividirse en subpartes o subsegmentos, y éstos descomponerse a los fines del conocimiento y/o el estudio en unidades más pequeñas hasta llegar a la intimidad de las células y de los átomos en el seno de los cuales, se sabe desde la antigüedad (Leucipo y Demócrito; Gassendi y Robert Royle; John Locke, Lavoisier, Higgins, Dalton, Gay-Lussac), giran los electrones en órbitas inmutables limitadas por un número cuántico.

Las partes del cuerpo humano, tanto las grandes como las medianas como las pequeñas y pequeñísimas, funcionan armoniosamente, por separado y entre ellas y en relación con el mundo circundante. Cumple cada una de ellas un papel acorde con su estructura, forma y posición; y existen de unas a otras interrelaciones sutiles que contribuyen al fluir satisfactorio de la vida orgánica.

Pero hay que tener en cuenta un elemento o dimensión, inexpugnable e ineluctable, que interfiere de manera decisiva en la extensión continua de este armonioso conjunto. Ese elemento es el tiempo.

La interferencia del tiempo en la armonía del cuerpo humano como un todo, de sus partes por separado y en interrelación, ocasiona cambios y modificaciones en el todo y en los componentes. Los cambios y modificaciones que se contemplan como favorables o desfavorables según sea el punto de vista personal, la época histórica, el lugar geográfico y la posición filosófica desde los que se los considere, se manifiestan en colores, formas y texturas que varían en distintos grados.

Los grados de variación podrían reputarse a primera vista de infinitos, pero quizá no lo sean, ya que son pasibles de sistematizaciones en relación con el órgano o parte del cuerpo humano de que se trate, la propia calidad intrínseca del cambio, el individuo en quien se producen y las condiciones ambientales, históricas, psicológicas, sociológicas y económicas en las que se encuentra dicho individuo.

No se trata, por otra parte, de modificaciones súbitas o bruscas, sino que podría decírselas insidiosas, lentamente progresivas, oscuras y ocultas muchas veces, y hasta secretas cuando se operan en las profundidades de las estructuras internas.

Pero toda vez que los cambios son visibles e incluso elocuentes, localizados en las superficies o cubiertas o quizás en elementos (como las articulaciones) que llegan a sobresalir, deformarse y hacerse evidentes por debajo de esas superficies, se encuentra el individuo ante la desazón del ánimo que tiene su fuente tanto en su propia apreciación de las variaciones que sufre su cuerpo por la interferencia del tiempo, como en la apreciación que de esas mismas variaciones hacen quienes lo rodean.

La desazón del ánimo puede ser transitoria o irreversible. La desazón transitoria se divide en transitoria leve y transitoria grave, pero como su nombre lo indica, es pasajera. Generalmente su solución proviene de distintos factores entre los que deben citarse la fortaleza de la persona; sus convicciones religiosas; el prestigio alcanzado en cualquier campo de las actividades humanas que, si es grande y brillante, actúa como elemento de compensación; el desinterés de las cosas mundanas; la ignorancia; la inconsciencia, o por el contrario la refinada sabiduría, etc. La desazón irreversible puede asimismo ser leve o grave, pero, instalada para siempre en el ánimo del individuo, teñirá sus sentimientos y sus acciones hasta la muerte.

Transitoria o irreversible empero, la desazón del ánimo originada en los cambios que provoca la interferencia del tiempo en el cuerpo humano y sus partes, puede ser una molestia o una tragedia, y la acentuación de esas modificaciones puede llevar al sujeto de que se trate a oscilar entre la una y la otra o a pasar de la primera a la segunda hasta el momento en el que se desvanezca (caso de ser transitoria) o sobrevenga el fin de la vida o se logre la resignación nacida de tan profunda exageración en las variaciones de texturas, colores y formas del cuerpo, hasta que el individuo pueda llegar a convencerse de que se ha trocado o lo han trocado en otro. Hay, cierto es, un tipo más de resignación, que podría llamarse límbica, provocada por el carácter especial de algunos cambios (caso de endurecimiento o rigidez de las arterias en los contenidos de la cabeza).

La desazón del ánimo puede en el mejor de los casos desaparecer; y en el peor persistir, instalarse y llamar al alivio por medios exógenos (pócimas) o endógenos (resignación). Los cambios provocados por la interferencia del tiempo en el cuerpo humano, por el contrario, son irremediables ("Puede ser que el Tiempo tenga un parto difícil, pero jamás aborta"). Así como no pueden retardarse ni aplazarse, tampoco se les puede imprimir el más leve retroceso. Puede, eso sí, disimulárselos con vestiduras y afeites, o con procedimientos drásticos que impliquen la intromisión directa de instrumentos ad hoc en algunas partes del cuerpo.

Si por desazón profunda del ánimo, por vanidad exuberante, por conveniencia o por cualesquiera otras razones el sujeto opta por someterse al procedimiento nombrado en último término, la posibilidad de la apariencia de un resultado feliz será inversamente proporcional a sus expectativas: cuanto más pobres sean éstas, más rico será aquél. Existe asimismo una razón inversamente proporcional entre el resultado y la desazón del ánimo (tanto transitoria como irreversible): cuanto más deslumbrante sea aquél, más retrocederá ésta hacia la sombra del olvido.

Hay que saber sin embargo, que el camino que lleva desde la desazón del ánimo hasta la apariencia de un resultado, feliz o no, si bien lineal y directo, adolece de una solución de continuidad que se presenta bajo la forma del sueño negro de la muerte.

Estas palabras parecen alarmantes y en verdad lo son; pero debe reflexionarse que la alarma es un subproducto de la desazón del ánimo, fácil o penosamente combatible por medio de la voluntad y la confianza.

Porque en efecto, el oscuro episodio de muerte que se ha mencionado es (salvo una proporción de casos tan mínima que no tiene significado estadístico alguno) sólo un pasaje y no un estado o condición. Mientras los instrumentos adecuados cumplen su función paliativa de mejoramiento de las apariencias, el ánimo en suspenso, libre de toda desazón, permite la entrada y más aun la actuación, de fuerzas, tendencias y sueños que en lo profundo del individuo condicionarán y a veces determinarán el carácter que ha de asumir el estado de vigilia que sobrevendrá a continuación.

Y para terminar hay que dejar bien en claro que los paliativos mecánicos de disimulo y/o intromisión que se apliquen a cualquier parte del cuerpo humano con el fin de contrarrestar la interferencia del tiempo, pueden: 1) modificar en gran medida la desazón del ánimo e incluso determinar su desaparición; y 2) presentar ante el sujeto que mira y se mira y los sujetos que se miran y lo miran, un ficticio aplazamiento o suspensión de los cambios y modificaciones detallados.

Pero los cambios y las modificaciones prosiguen su evolución a despecho de los paliativos y de las apariencias que se obtienen utilizando los diversos métodos, y hay una sola manera de neutralizarlos que consiste en imprimir al ánimo en el que crece la desazón, sus propias modificaciones, sus propios cambios, que sólo en ínfima medida tienen que ver con la interferencia del tiempo, y que son inasibles, inefables, infigurables e inconsútiles.

La cámara oscura

A Chela Leyba

Ahora resulta que mi abuela Gertrudis es un personaje y que en esta casa no se puede hablar mal de ella. Así que como yo siempre hablé mal de ella y toda mi familia también, lo que he tenido que hacer es callarme y no decir nada, ni nombrarla siquiera. Hágame el favor, quién entiende a las mujeres. Y eso que yo no me puedo quejar: mi Jaia es de lo mejorcito que hay. Al lado de ella yo soy bien poca cosa: no hay más que verla, como que en la colectividad todo el mundo la empezó a mirar con ganas en cuanto cumplió los quince, tan rubia y con esos ojos y esos modos y la manera que tiene de levantar la cabeza, que no hubo shotjen que no pensara en casarla bien, pero muy bien, por lo menos con uno de los hijos del viejo Saposnik el de los repuestos para automotores, y para los dieciséis ya la tenían loca a mi suegra con ofrecimientos y que esto y que lo otro y que tenía que apuntar bien alto. Y esa misma Jaia, que se casó conmigo y no con uno de esos ricachones aunque a mí, francamente, tan mal no me va, ella, que a los treinta es más linda que a los quince y que ni se le nota que ya tiene dos hijos grandes, Duvedl y Batia, tan parecidos a ella pero que eso sí, sacaron mis ojos negros, esa misma Jaia que siempre es tan dulce y suave, se puso hecha una fiera cuando yo dije que la foto de mi abuela Gertrudis no tenía por qué estar encima de la chimenea en un marco dorado con adornos que le debe haber costado sus buenos pesos, que no me diga que no. Y esa foto, justamente ésa.

–Que no se vuelva a hablar del asunto –me dijo Jaia cuando yo le dije que la sacara–, ni se te ocurra. Yo puse la foto ahí y ahí se queda.

–Bueno, está bien –dije yo–, pero por lo menos no esa foto.

–Y qué otra, vamos a ver, ¿eh? –dijo ella–. Si fue la única que se sacó en su vida.

–Menos mal –dije yo–, ¡zi is gevein tzi miss!

Ni acordarme quiero de lo que dijo ella.

Pero es cierto que era fea mi abuela Gertrudis, fea con ganas, chiquita, flaca, negra, chueca, bizca, con unos anteojos redondos de armazón de metal ennegrecido que tenían una patilla rota y arreglada con unas vueltas de piolín y un nudo, siempre vestida de negro desde el pañuelo en la cabeza hasta las zapatillas. En cambio mi abuelo León tan buen mozo, tan grandote, con esos bigotazos de rey y vestido como un señor que parece que llena toda la foto, y los ojos que le brillan como dos faroles. Apenas si se la ve a mi abuela al lado de él, eso es una ventaja. Para colmo están alrededor todos los hijos que también eran grandotes y buenos mozos, los seis varones y las dos mujeres: mis tíos Aarón, Jaime, Abraham, Salo e Isidoro; y Samuel, mi padre, que era el más chico de los varones. Y mis tías Sara y Raquel están sentadas en el suelo cerca de mi abuelo. Y atrás se ven los árboles y un pedazo de la casa.

Es una foto bien grande, en cartulina gruesa, medio de color marrón como eran entonces, así que bien caro le debe haber salido el marco dorado con adornos y no es que yo me fije en esas cosas: Jaia sabe que puede darse sus gustos y que yo nunca le he hecho faltar nada ni a ella ni a mis hijos, y que mientras yo pueda van a tener de todo y no van a ser menos que otros, faltaba más.

Por eso me duele esto de la foto sobre el estante de mármol de la chimenea pero claro que mucho no puedo protestar porque la culpa es mía y nada más que mía por andar hablando demasiado. Y por qué no va a poder un hombre contarle a su mujer cosas de su familia, vamos a ver; casi diría que ella tiene derecho a saber todo lo que uno sabe. Y sin embargo cuando le conté a Jaia lo que había hecho mi abuela Gertrudis, medio en broma medio en serio, quiero decir que un poco divertido como para quitarle importancia a la tragedia y un poco indignado como para demostrar que yo sé que lo que es justo es justo y que no he sacado las malas inclinaciones de mi abuela, cuando se lo conté una noche de verano en la que volvíamos de un cine con refrigeración y habíamos comprado helados y los estábamos comiendo en la cocina los dos solos porque los chicos dormían, ella dejó de comer y cuando terminé golpeó con la cuchara en la mesa y me dijo que no lo podía creer.

–Pero es cierto –dije yo–, claro que es cierto. Pasó nomás como te lo conté.

–Ya sé –dijo Jaia y se levantó y se paró al lado mío con los brazos cruzados y mirándome enojada–, ya sé que pasó así, no lo vas a haber inventado vos. Lo que no puedo ceer es que seas tan desalmado como para reírte de ella y decir que fue una mala mujer.

–Pero Jaia –alcancé a decir.

–Qué pero Jaia ni qué nada –me gritó–. Menos mal que no me enteré de eso antes de que nos casáramos. Menos mal para vos, porque para mí es una desgracia venir a enterarme a esta altura de mi vida de que estoy casada con un bruto sin sentimientos.

Yo no entendía nada y ella se fue dando un portazo y me dejó solo en la cocina, solo y pensando en qué sería lo que había dicho yo que la había puesto tan furiosa. Fui hasta la puerta pero cambié de idea y me volví. Hace diez años que estamos casados y la conozco muy bien, aunque pocas veces la había visto tan enojada. Mejor dejar que se tranquilizara. Me comí lo que quedaba de mi helado y el otro casi entero que había dejado Jaia, guardé en el congelador los que habíamos traído para los chicos, le pasé el repasador a la mesa y dejé los platos en la pileta. Me fijé que la puerta y la ventana que dan al patio estuvieran bien cerradas, apagué la luz y me fui a acostar. Jaia dormía o se hacía la que dormía. Me acosté y miré el techo que se veía gris con la luz que entraba por la ventana abierta. La toqué apenas:

–Jaia –le dije–, mein taier meidale –como cuando éramos novios.

Nada. Ni se movió ni me contestó ni respiró más fuerte ni nada. Está bien, pensé, si no quiere no quiere, ya se le va a pasar. Puse la mano en su lugar y cerré los ojos. Estaba medio dormido cuando voy y miro el techo gris otra vez porque me había parecido que la oía llorar. Pero debo haberme equivocado, no era para tanto. Me dormí de veras y a la mañana siguiente era como si no hubiera pasado nada.

Pero ese día cuando vuelvo del negocio casi de noche, cansado y con hambre, qué veo. Eso, el retrato de mi abuela Gertrudis en su marco dorado con adornos encima de la chimenea.

–¿De dónde sacaste eso? –le dije señalándoselo con el dedo.

–Estaba en la parte de arriba del placard –me dijo ella con una gran sonrisa–, con todas las fotos de cuando eras chico que me regaló tu madre.

–Ah, no –dije yo y alargué las manos como para sacarlo de ahí.

–Te advierto una cosa, Isaac Rosenberg –me dijo muy despacio y yo me di cuenta de que iba en serio porque ella siempre me dice Chaqui como me dicen todos y cuando me dice Isaac es que no está muy contenta y nunca me ha dicho con el apellido antes salvo una vez–, te advierto que si sacás esa foto de ahí yo me voy de casa y me llevo a los chicos.

Lo decía de veras, yo la conozco. Sé que lo decía de veras porque aquella otra vez que me había llamado por mi nombre y mi apellido también me había amenazado con irse, hacía mucho de eso y no teníamos los chicos y para decir la verdad las cosas no habían sido como ella creyó que habían sido pero mejor no hablar de ese asunto. Yo bajé las manos y las metí en los bolsillos y pensé que era un capricho y que bueno, que hiciera lo que quisiera, que yo ya iba a tratar de convencerla de a poco. Pero no la convencí; no la convencí nunca y la foto sigue ahí. A Jaia se le pasó el enojo y dijo bueno vamos a comer que hice kuguel de arroz.

Lo hace con la receta de mi suegra y ella sabe que me gusta como para comerme tres platos y yo sé que ella sabe y ella sabe que yo sé que ella sabe, por algo lo había hecho ese día. Me comí nomás tres platos pero no podía dejar de pensar en por qué Jaia se había puesto así, por qué quería tener la foto encima de la chimenea y qué tenía mi abuela Gertrudis para que se armara en mi casa tanto lío por ella.

Nada, no tenía nada, ni nombre tenía, un buen y honesto nombre judío, Sure o Surke, como las abuelas de los demás, no señor: Gertrudis. Es que no hizo nunca nada bien ni a tiempo, ni siquiera nacer, como que mis bisabuelos venían en barco con tres hijos y mi bisabuela embarazada. De Rusia venían, pero habían salido de Alemania para Buenos Aires en el "Madrid" y cuando el barco atracó, en ese mismo momento a mi bisabuela le empezaron los dolores del parto y ya creían que mi abuela iba a nacer en cubierta entre los baúles y los canastos y los paquetes y la gente que iba y venía, aunque todavía no sabían que lo que iba a nacer era una chica. Pero mi bisabuelo y los hijos tuvieron que ir a tierra porque ya iban pasando casi todos, y mi bisabuela quedó allá arriba retorciéndose y viendo a su familia ya en tierra argentina y entonces pensó que lo mejor era que ella también bajara y su hijo fuera argentino. Despacito, de a poco, agarrándose de la baranda y con un marinero que la ayudaba, fue bajando. Y en medio de la planchada ¿qué pasa? Sí, justamente, en medio de la planchada nació mi abuela. Mi bisabuela se dejó caer sobre los maderos y allí mismo, con la ayuda del marinero alemán que gritaba algo que nadie entendía salvo los otros marineros alemanes, y de una mujer que subió corriendo, llegó al mundo el último hijo de mi bisabuela, mi abuela Gertrudis.

De entrada nomás ya hubo lío con ella. Mi abuela, ¿era argentina o era alemana? Yo creo que ni a la Argentina ni a Alemania les importaba un pito la nacionalidad de mi abuela, pero los empleados de inmigración estaban llenos de reglamentos que no decían nada sobre un caso parecido y no sabían qué hacer. Aparte de que parece que mi bisabuela se las traía y a pesar de estar recién parida empezó a los alaridos que su hija era argentina como si alguien entendiera lo que gritaba y como si con eso le estuviera haciendo un regalo al país al que acababa de llegar, y qué regalo.

Al final fue argentina, no sé quién lo resolvió ni cómo, probablemente algún empelado que estaba apurado por irse a almorzar, y la anotaron en el puerto como argentina llegada de Alemania aunque no había salido nunca de acá para allá, y otro lío hubo cuando le preguntaron a mi bisabuelo el nombre. Habían pensado en llamarlo Ichiel si era varón, pero con los apurones del viaje no se les había ocurrido que podía ser una chica y que una chica también necesita un nombre. Mi bisabuelo miró a su mujer que parece que era lo que hacía siempre que había que tomar una decisión, pero a ella se le habían terminado las energías con los dolores, los pujos, la bajada por la planchada y los alaridos sobre la nacionalidad de su hija que a todo esto berreaba sobre un mostrador envuelta en un saco del padre.

–Póngale Gertrudis, señor, es un lindo nombre –dijo el empleado de inmigración.

–¿Cómo? –dijo mi bisabuelo, claro que en ruso.

–Mi novia se llama Gertrudis –dijo el tipo.

Mi bisabuelo supo recién después, al salir del puerto con la familia, el equipaje y la recién nacida, lo que el empleado había dicho, porque se lo tradujo Naum Waisman que había ido a buscarlos con los dos hijos y el carro, pero para entonces mi abuela ya se llamaba Gertrudis.

–Sí, sí –dijo mi bisabuelo medio aturdido.

–Gertrudis, ¿entiende? Es un lindo nombre –dijo el empelado.

–Gertrudis –dijo mi bisabuelo como pudo y pronunciando mal las erres, y así le quedó porque así la anotaron en el puerto.

De los otros líos, los que vinieron después con el registro civil y la partida de nacimiento, más vale no hablar. Eso sí, por un tiempo todo estuvo tranquilo y no pasó nada más. Es decir, sí pasó, pero mi abuela no tuvo nada que ver.

Pasó que estuvieron un mes en lo de Naum hasta aclimatarse, y que después se fueron al campo. Allí mi bisabuelo trabajó como tantero pero en pocos años se compró la chacra y la hizo progresar, al principio trabajando de sol a sol toda la familia y después ya más aliviados y con peones; y todo anduvo bien, tan bien que compró unas cuantas hectáreas más hasta que llegó a tener una buena propiedad.

15 años Para entonces mi abuela Gertrudis tenía quince años y ya era horrible. Bizca había sido desde que nació en la planchada del barco alemán, pero ahora era esmirriada y chueca y parecía muda, tan poco era lo que hablaba. Mi bisabuelo tenía un montón de amigos en los campos vecinos y en el pueblo adonde iban todos los viernes a la mañana a quedarse hasta el sábado a la noche en lo de un primo hermano de mi bisabuela. Pero ni él ni su mujer tenían muchas esperanzas de casar a esa hija fea y antipática. Hasta que apareció mi abuelo León como una bendición del cielo.

Mi abuelo León no había nacido en la planchada de un barco, ni alemán ni de ninguna otra nacionalidad. Había nacido como se debe, en su casa, o mejor dicho en la de sus padres, y desde ese momento hizo siempre lo que debía y cuando debía, por eso todo el mundo lo quería y lo respetaba y nadie se rió de él y nadie pensó que era una desgracia para la familia.

Era viudo y sin hijos cuando apareció por lo de mis bisabuelos, viudo de Ruth Bucman que había muerto hacía un año. Parece que a mi bisabuela ya le habían avisado de qué se trataba porque lavó y peinó y perfumó a su hija y le recomendó que no hablara aunque eso no hacía falta, y que mirara siempre al suelo para que no se le notara la bizquera que eso era útil pero tampoco hacía falta, y para que de paso se viera que era una niña inocente y tímida.

Y así fue como mi abuelo León se casó con mi abuela Gertrudis, no a pesar de que fuera tan fea sino precisamente porque era tan fea. Dicen que Ruth Bucman era la muchacha más linda de toda la colectividad, de toda la provincia, de todo el país y de toda América. Dicen que era pelirroja y tenía unos ojos verdes almendrados y una boca como el pecado y la piel muy blanca y las manos largas y finas; y dicen que ella y mi abuelo León hacían una pareja como para darse vuelta en la calle y quedarse mirándolos. También dicen que ella tenía un genio endemoniado y que les hizo la vida imposible a su padre, a su madre, a sus hermanos, a sus cuñadas, a sus sobrinos, a sus vecinos y a todo el pueblo. Y a mi abuelo León mientras estuvo casada con él.

Para colmo no tuvo hijos: ni uno solo fue capaz de darle a su marido, a lo mejor nada más que para hacerlo quedar mal, porque hasta ahí parece que llegaba el veneno de esa mujer. Cuando murió, mi abuelo largó un suspiro de alivio, durmió dos días seguidos, y cuando se despertó se dedicó a descansar, a ponerse brillantina en el bigote y a irse a caballo todos los días al pueblo a visitar a los amigos que Ruth había ido alejando de la casa a fuerza de gritos y de malos modos.

Pero eso no podía seguir así por mucho tiempo: mi abuelo León era todo un hombre y no estaba hecho para estar solo toda la vida, aparte de que la casa se estaba viniendo abajo y necesitaba la mano de una mujer y el campo se veía casi abandonado y algunos habían empezado a echarle el ojo calculando que mi abuelo lo iba a vender casi por nada. Fue por eso que un año después del velorio de su mujer mi abuelo decidió casarse y acordándose del infierno por el que había pasado con Ruth, decidió casarse con la más fea que encontrara. Y se casó con mi abuela Gertrudis.

La fiesta duró tres días y tres noches en la chacra de mi bisabuelo. Los músicos se turnaban en el galpón grande y las mujeres no daban abasto en la cocina de la casa, en la de los peones y en dos o tres fogones y hornos que se habían improvisado al aire libre. Mis bisabuelos tiraron la casa por la ventana con gusto. Hay que ver que no era para menos, si habían conseguido sacarse de encima semejante clavo y casarla con el mejor candidato en cien leguas a la redonda.

Mi abuela no estuvo los tres días y las tres noches en la fiesta. Al día siguiente nomás de la ceremonia ya empezó a trabajar para poner en orden la casa de su marido y a los nueve meses nació mi tío Aarón y un año después nació mi tío Jaime y once meses después nació mi tío Abraham y así. Pero ella no paró nunca de trabajar. Hay que ver las cosas que contaba mi tía Raquel de cómo se levantaba antes de que amaneciera y preparaba la comida para todo el día, limpiaba la casa y salía a trabajar en el campo; y de cómo cosía de noche mientras todos dormían y les hacía las camisas y las bombachas y hasta la ropa interior a los hijos y al marido y los vestidos a las hijas y las sábanas y los manteles y toda la ropa de la casa; y de los dulces y las confituras que preparaba para el invierno, y de cómo sabía manejar a los animales, enfardar, embolsar y ayudar a cargar los carros. Y todo eso sin decir una palabra, siempre callada, siempre mirando al suelo para que no se le notara la bizquera. Hay que reconocer que le alivió el trabajo a mi abuelo León, chiquita y flaca como era, porque tenía el aguante de dos hombres juntos. A la tarde mi abuelo ya no tenía nada más que hacer: se emperifollaba y se iba para el pueblo en su mejor caballo, con los arneses de lujo con los que mi abuela ya se lo tenía ensillado, y como a ella no le gustaba andar entre la gente, se quedaba en la chacra y seguía dale que dale. Y así pasó el tiempo y nacieron los ocho hijos y dicen mis tías que ni con los partos mi abuela se quedó en cama o dejó de trabajar un solo día.

Por eso fue más terrible todavía lo que pasó. Cierto que mi abuelo León no era ningún santo y que le gustaban las mujeres y que él les gustaba a ellas, y cierto que alguna vecina malintencionada le fue con chismes a mi abuela y que ella no dijo nada ni hizo ningún escándalo ni lloró ni gritó, cierto. Y eso que mi abuelo se acordó de repente de Ruth Bucman y anduvo unos días con el rabo entre las piernas no fuera que a mi abuela le fuera a dar por el mismo lado. No digo que él haya estado bien, pero ésas son cosas que una mujer sabe que tiene que perdonarle a un hombre, y francamente no había derecho a hacerle eso a mi abuelo, ella que tendría que haber estado más que agradecida porque mi abuelo se había casado con ella. Y más cruel fue todo si se piensa en la ironía del destino, porque mi abuelo les quiso dar una sorpresa y hacerles un regalo a todos sus hijos y a sus hijas. Y a mi abuela Gertrudis supongo que también, claro.

Un día, mientras estaban los ocho hijos y mi abuelo León comiendo y mi abuela iba y venía con las cacerolas y las fuentes, mi abuelo contó que había llegado al pueblo un fotógrafo ambulante y todos preguntaron cómo era y cómo hacía y qué tal sacaba y a quiénes les había hecho fotografías. Y mis tías le pidieron a mi abuelo que las llevara al pueblo a sacarse una foto cada una. Entonces mi abuelo se rió y dijo que no, que él ya había hablado con el fotógrafo y que al día siguiente iba a ir con sus máquinas y sus aparatos a la chacra a sacarlos a todos. Mis tías se rieron y dieron palmadas y lo besaron a mi abuelo y se pusieron a charlar entre ellas a ver qué vestidos se iban a poner; y mis tíos decían que eso era cosa de mujeres y lujos de la ciudad pero se alisaban las bombachas y se miraban de costado en el vidrio de la ventana.

Y el fotógrafo fue al campo y les sacó a todos esa foto marrón en cartulina dura que está ahora encima de la chimenea de mi casa en un marco dorado con adornos y que Jaia no me deja sacar de ahí.

Era rubio el fotógrafo, rubio, flaco, no muy joven, de pelo enrulado, y rengueaba bastante de la pierna izquierda. Los sentó a todos fuera de la casa, con sus mejores trajes, peinados y lustrados que daba gusto verlos. A todos menos a mi abuela Gertrudis que estaba como siempre de negro y que ni se había preocupado por ponerse un vestido decente. Ella no quería salir en la foto y dijo que no tantas veces que mi abuelo León estaba casi convencido y no insistió más. Pero entonces el fotógrafo se acercó a mi abuela y le dijo que si alguien tenía que salir en la foto era ella; y ella le dijo algo que no sé si me contaron qué fue y me olvidé o si nadie oyó y no me contaron nada, y él contestó que él sabía muy bien lo que era no querer salir en ninguna foto o algo así. He oído muchas veces el cuento pero no me acuerdo de las palabras justas. La cosa es que mi abuela se puso al lado de mi abuelo León entre sus hijos, y así estuvieron todos en pose largo rato y sonrieron y el fotógrafo rubio, flaco y rengo les sacó la foto.

Mi abuelo León le dijo al fotógrafo que se quedara esa noche allí para revelarla y para que al día siguiente les sacara otras. Así que esa noche mi abuela le dio de comer a él también. Y él contó de su oficio y de los pueblos por los que había andado, de cómo era la gente y cómo lo recibían y de algunas cosas raras que había visto o que le habían pasado. Y mi tío Aarón siempre dice que la miraba como si no le hablara más que a ella pero vaya a saber si eso es cierto porque no va a haber sido él el único que se dio cuenta de algo. Lo que sí es cierto es que mi abuela Gertrudis se sentó a la mesa con la familia y eso era algo que nunca hacía porque tenía que tener siempre todo listo en la cocina mientras los demás comían, para ir sirviéndolo a tiempo. Después que terminaron de comer el fotógrafo salió a fumar afuera porque en esa casa nadie fumaba, y mi abuela le llevó un vasito de licor y me parece, aunque nadie me lo dijo, que algo deben haber hablado allí los dos.

Al otro día el fotógrafo estuvo sacando fotos toda la mañana: primero mi abuelo León solo, después con los hijos, después con las hijas, después con todos los hijos y las hijas juntos, después mis tías solas con sus vestidos bien planchados y el pelo enrulado. Pero mi abuela Gertrudis no apareció, ocupada en el tambo y en la casa como siempre. Pero qué cosa, yo que no la conocí, yo que no había nacido como que mi padre era un muchachito que no se había encontrado con mi madre todavía, yo me la imagino ese día escondida, espiándolo desde atrás de algún postigo entornado mientras la comida se le quemaba sobre el fuego. Imaginaciones mías nomás porque según dicen mis tías nunca se le quemó una comida ni descuidó nada de lo de la casa ni de lo del campo.

El fotógrafo reveló las fotos y almorzó en la casa y a la tarde las pegó en los cartones con una guarda grabada y la fecha y mi abuelo León le pagó. Cuando terminaron de comer, ya de noche, él se despidió y salió de la casa. Ya tenía cargado todo en el break destartalado en el que había aparecido por el pueblo, y desde la oscuridad de allá afuera les volvió a gritar adiós a todos. Mi abuelo León estaba contento porque les había sacado unas fotos muy buenas pero no era como para acompañarlo más allá de la puerta porque ya le había pagado por su trabajo más que nadie en el pueblo y en las chacras. Se metieron todos adentro y se oyó el caballo yéndose y después nada más.

Cuando alguien preguntó por mi abuela Gertrudis, que hasta hoy mis tíos discuten porque cada uno dice que fue él el que preguntó, mi abuelo León dijo que seguramente andaría por ahí afuera haciendo algo, y al rato se fueron todos a acostar.

Pero a la mañana siguiente cuando se levantaron encontraron todavía las lámparas prendidas sobre las mesas y los postigos sin asegurar y la puerta sin llave ni tranca. No había fuego ni comida hecha ni desayuno listo ni vacas ordeñadas ni agua para tomar ni para lavarse ni pan cocinándose en el horno ni nada de nada. Mi abuela Gertrudis se había ido con el fotógrafo.

Y ahora digo yo, ¿tengo o no tengo razón cuando digo que esa foto no tiene por qué estar sobre la chimenea de mi casa? ¿Y cuando los chicos pregunten algo?, le dije un día a Jaia. Ya vamos a ver, dijo ella. Preguntaron, claro que preguntaron, y delante de mí. Por suerte Jaia tuvo la sensatez de no explicar nada:

–Es la familia de papá –dijo–, hace muchos años, cuando vivían sus abuelos. ¿Ven? El zeide, la bobe, tío Aarón, tío Isidoro, tío Salo.

Y así los fue nombrando y señalando uno por uno sin hacer comentarios. Los chicos se acostumbraron a la foto y ya no preguntaron nada más.

Hasta yo me fui acostumbrando. No es que esté de acuerdo, no, eso no, pero quiero decir que ya no la veo, que no me llama la atención, salvo que ande buscando algo por ahí y tenga que mover el marco dorado con adornos. Una de esas veces le pregunté a Jaia que estaba cerca revolviendo los estantes del bahut:

–¿Me vas a explicar algún día qué fue lo que te dio por poner esta foto acá?

Ella se dio vuelta y me miró:

–No –me dijo.

No me esperaba eso. Me esperaba una risita y que me dijera que sí, que alguna vez me lo iba a contar, o que me lo contara ahí mismo.

–¿Cómo que no?

–No –me dijo de nuevo sin reírse–, si necesitás que

te lo explique quiere decir que no merecés que te lo explique.

Y así quedó. Encontramos lo que andábamos buscando, o no, no me acuerdo, y nunca volvimos a hablar Jaia y yo de la foto de mi abuela Gertrudis sobre la chimenea en su marco dorado con adornos. Pero yo sigo pensando que es una ofensa para una familia como la mía tener en un lugar tan visible la foto de ella que parecía tan buena mujer, tan trabajadora, tan de su casa, y que un día se fue con otro hombre abandonando a su marido y a sus hijos de pura maldad nomás, sin ningún motivo.

El descubrimiento del fuego

Fue a buscar a su vecina para contarle lo que le había pasado. Esperaba que estuviera. Que no hubiera ido al supermercado o al centro o a una reunión de madres en la escuela. Que estuviera, que le abriera la puerta y le brillaran los ojos y le dijera hola y la convidara con un café. Cruzó el jardín delantero y miró por la ventana del living. Los vidrios brillaban con el sol, no se veía nada. Alcanzó a distinguir el sofá, la puerta del fondo y una mancha rosa que podía ser un pañuelo para el cuello, la tapa de una revista, algo, no se le ocurría qué más podía ser, sobre la mesita baja. No se oían pasos, ni voces, ni la radio. Puso las dos manos como embudo entre sus ojos y la ventana y así pudo ver mejor, soleado y solo, ese living que conocía tanto como el de su propia casa. Bajó las manos, se alisó la pollera y se arregló el pelo.

–Hola, llegaste justo, pasá, pasá, estaba por tomarme un café.

Qué suerte estar acá, pensó, tener adonde ir, un lugar sólido y fijo, no como el de esos sueños en los que se balancea en la punta de un mástil: mira para abajo y la base del mástil, muy muy abajo, está apoyada en el asiento de atrás de un auto sin capota como el que usan los presidentes y los reyes, que se mueve en medio de un desfile manejado por un desconocido. A veces es peor, a veces no maneja nadie y es ella la que tiene el volante allá arriba. Pero la cocina no se mueve, es toda blanca, con cortinas blancas en las ventanas y mantelitos de cuadros verdes y blancos sobre la mesa blanca. Ella está sentada en una silla blanca que tiene un almohadón verde y la vecina desenchufa la cafetera y saca dos tazas del anaquel.

–Te ayudo.

–Pero no, si ya está, cómo podés tomar el café sin azúcar, es tan amargo, yo no puedo, querés un poquito de leche.

–No, así está bien, gracias, qué rico café.

–Se me está terminando, suerte que me hiciste acordar, tengo que agregarlo a la lista, esperá, es que si no parece mentira pero me olvido, ya está, qué bien viene un momento de tranquilidad, qué te pasa, ¿tenés frío?

–No, no, un escalofrío pero ya se me pasó.

–Es que con este tiempo yo no sé, no termina de hacer calor pero frío, lo que se dice frío tampoco hace.

–No sabés qué ponerte.

–Eso, siempre descubrís que debiste haberte puesto otra cosa.

–O andás por la calle poniéndote y sacándote el abrigo.

–Ah, pero yo prefiero esto y no el invierno, te digo la verdad.

–No sé, ¿eh?, no sé. Claro que vos tenés chicos y con los chicos en invierno, la ropa y todo eso, los sweaters y las medias de abrigo, es un lío.

–Y más a la edad que tienen los míos, si vieras los dos varones, a cual peor.

Por qué no le contaba, por qué no le decía, qué hacía ahí en la cocina blanca hablando pavadas, por favor. Quería contárselo. Ahora, tenía que ser ahora mismo, antes de que alguien tocara el timbre, antes de que volvieran los chicos del colegio, no, no iban a volver, si todavía era temprano. Antes de que fuera tarde, no en el tiempo, ni siquiera en la mañana sino para ella. Antes de que no quisiera ya contárselo a nadie.

–¿Más café?

–Bueno, sí, gracias.

Antes de empezar a tomar esa otra taza de café: el chorro oscuro y brillante va de la cafetera a la taza, hace de las dos una sola cosa. Si ella fuera un gato creería que eso es sólido y estiraría la pata para atraparlo y morderlo. Se quemaría y aprendería: andaría rengueando unos días, buscando el piso frío de la cocina para apoyar la mano quemada. Pero hay gatos que juegan con el chorro de agua, se suben al lavatorio o a la pileta de la cocina e intentan agarrar el agua. O no lo intentan, saben, cómo no van a saber, saben que no lo pueden agarrar pero juegan a que pueden.

–Ay, Silvia, pero eso es horrible.

–Sí –dijo ella.

–Qué vas a hacer ahora.

–No sé.

–Dios mío, Dios mío, es que no lo puedo creer, ustedes parecían tan felices, un matrimonio tan, tan, estaban tan contentos juntos, no sé, tan bien avenidos.

–Ah sí, a mí también me parecía pero me dijo que está harto, que no quiere saber nada más, que la rutina lo está matando. A mí la rutina me gusta, ¿a vos no?, a mí sí, siento placer en hacer todos los días las mismas cosas a la misma hora. Las manos parece que ya saben, que se te van solas, los objetos cantan, la loza sobre todo y el cobre, y los relojes, ya al empezar sabés cómo va a quedar todo porque lo hacés siempre. Los días son suaves así.

–Sí, pero hay gente que no aguanta eso.

–¿Vos querés decir que sueñan con embarcarse en un velero misterioso de bandera desconocida y tripulación patibularia para ir a correr aventuras en los mares del sur? ¿O con pasar la noche en una casa encantada llena de chirridos y de murciélagos y de ojos que se mueven detrás de los ojos vacíos de los retratos? ¿O con enrolarse en la Legión Extranjera?

–No, ay no, Silvia, no sé de qué me río, disculpame pero es que por un momento pensé en Marcelo siempre tan cuidadoso, sudando en el Sahara, era el Sahara, ¿no?, eso de la Legión Extranjera.

–Sí, creo que sí. En todo caso era un desierto.

–Pero no creo que él piense en esas cosas. Lo que querrá a lo mejor, será que de vez en cuando hagas algo inesperado, que le des una sorpresa.

–¿Recibirlo vestida de buzo por ejemplo?

–Ay, Silvia, no sé cómo podés hacer chistes en este momento. Y me hacés reír a mí, para colmo.

–No veo por qué no te vas a reír.

Se miraron las dos antes de la risa y se rieron al mismo tiempo y la cocina se llenó de carcajadas, la cocina tan blanca, una ventana abierta, que si alguien hubiera pasado hubiera pensado cómo se divierten estas chicas, porque deben ser dos chicas, dos chicas muy jóvenes, solamente cuando se es muy joven puede uno reírse así, seguro que están hablando de algún pretendiente medio ridículo que una de ellas tiene y al que alguna maldad le deben haber hecho, pobre muchacho, tan ilusionado como debe estar. Y hubiera seguido caminando, quizá sonriendo: cómo se divierten esas chicas en esa casa, qué felices.

–Es que no es para reírse –dijo Gabriela.

–No, ya sé que no. Una no se ríe en un velorio, ni en misa, ni cuando la vecina viene y le cuenta que el marido acaba de abandonarla.

–¿Estás?, digo, ¿cómo te sentís?, ¿estás muy triste?

–No. No siento nada.

–¡Cómo, nada!

–No, nada, te digo. Mientras él me lo decía yo lo miraba y no sentía nada. Le miraba el lunar ése que tiene acá en el cuello y pensaba que nunca se lo había hecho sacar aunque siempre decía que se lo iba a hacer sacar, sobre todo los sábados que se afeitaba con más cuidado, creo que le daba miedo el bisturí eléctrico que debe ser un pinchazo con quemadura todo junto pero muy cortito, me imagino, y nunca se lo hizo sacar. También pensaba que si alguna vez se decidía e iba a lo del dermatólogo para que se lo sacara, no iba a ir conmigo. Y pensé que no le iba a planchar más las camisas. Eso me dio un poco de pena pero se me pasó enseguida porque me acordé del pomo de pintura amarilla.

–¿Te acordaste de qué?

–Ay, no grites, no dije ningún disparate, ¿no?

–Claro que dijiste un disparate, qué tiene que ver el pomo de pintura amarilla, ¿qué pomo de pintura amarilla?, ¿se puede saber de qué estás hablando? ¿Querés más café?

–Sí, sí, me hace falta más café. Lo que pasa es que a Marcelo nunca le gustó el color amarillo.

–Y qué tiene. A mí el amarillo ni me va ni me viene, pero si es por eso creo que a Javier tampoco le gusta.

–Pero Javier no te dijo esta mañana que estaba harto y que se iba.

–Ah, no, eso no, claro.

–En cambio Marcelo sí me lo dijo a mí y mientras me lo decía pensé en lo de las camisas que ya no le iba a planchar y ahí sí me pareció que me ponía triste, entonces me acordé del pomo de pintura de un color que a él no le gustó nunca, mejor dicho me acordé de que había un pomo grande amarillo en el regalo que le hizo la madre a Marita cuando ella empezó a ir al taller de pintura y que después vino y me dejó antes de irse a España y que yo guardé con los libros de arte y el rollo de posters que también me dejó, en la parte de arriba del placard del pasillo.

–Qué regalo.

–Pinturas y pinceles, latas de aguarrás, paleta, unos trapos blancos doblados muy prolijos, telas en bastidores, un paquete grande así, lo hicimos entre las dos porque ella había traído todo en un bolso de playa. Así que cuando Marcelo terminó de decirme todo eso que me dijo, yo todavía estaba pensando en las pinturas. Después se fue.

–Y vos qué hiciste.

–Fui y saqué el paquete de la parte de arriba del placard.

–¿Qué hiciste?

–Saqué el paquete ¿no te digo? Me dio un trabajo bárbaro porque era muy grande y muy pesado, lo habíamos subido entre las dos. Y más trabajo sacarle el papel y desparramar todo.

–Pero para qué lo sacaste.

–Quería ver lo que habíamos puesto adentro, si estaban todos los colores y el pomo de pintura amarilla también y si me servía para pintar.

–¿Y te servía?

–Claro. Primero tendí la cama. Cambié las sábanas ¿te dije?, no es día de cambiar las sábanas, yo las cambio los lunes y los viernes, pero hoy las cambié, puse ésas tipo Liberty que compramos en Brasil ¿te acordás cuando volvimos y te las mostré? y ventilé el dormitorio; después llevé las telas y las pinturas y los pinceles al otro cuarto y los puse en la mesa grande y me puse a pintar. ¿Sabés lo que pinté?

–No, cómo voy a saber.

–Pinté un campo sembrado, con las plantitas ya un poco altas. A mí el campo siempre me gustó. ¿A vos no te gustaría vivir en el campo?

–¿A mí? No sé, creo que no. Me aburriría. Creo que me pondría triste, sobre todo por las tardes.

–Sí, yo también, pero de todos modos me gustaría, así que lo pinté. Pinté un campo sembrado como el que se vería desde la ventana del comedor si yo viviera en el campo. No me salió muy bien porque no sé pintar, no había pintado nunca nada, pero me gusta; cuando lo terminé y lo miré, me gustó.

–Sí, tenés razón, una tendría que poder pintar lo que quiere, aunque no le salga bien.

–Claro, es mucho mejor que soñar que una está en la punta de un mástil y que el mástil se mueve.

–¿Vos soñás eso?

–A veces.

Se había terminado el café. Miraron la cafetera sin decir nada pero no se levantaron a hacer más café. El sol seguía haciendo brillar los vidrios de la ventana del living. En el cuadro el campo verde ondulaba bajo el viento de la mañana: más tarde iba a hacer calor, cantaban las cigarras. Un carro seguía la huella del camino endurecido después de la lluvia, a los tumbos, y se oía balar al cordero atado al tronco de un paraíso. El sol era amarillo y chorreaba sobre la tierra agrietada y caliente. Por la ventana de la cocina blanca la cortina blanca colaba la luz del jardín. Tal vez el mundo tenga un núcleo que hierve alimentado por un fuego secreto que no necesita aire para arder. El cordero volvió a balar y el viento bajó desde las copas de los árboles y corrió y se enredó en la pintura verde todavía fresca. En el otro jardín zumbaba un molinete regador. Las flores apiñadas en el dibujo Liberty se juntaron un poco más y formaron una guarda feliz en el borde de la sábana de arriba. El carro dobló y se metió bajo los árboles. Nadie pasaba a esa hora por la vereda. A nadie le hubiera llamado la atención el silencio. En la cocina Silvia se puso a llorar despacito.

Las luces del puerto de Waalwijk vistas desde el otro lado del mar

Anclado en la rada del puerto de Waalwijk había un barco fantasma. Nadie supo jamás si llegó al puerto en ese estado o si se fantasmizó una vez en la rada. Lo que sí se sabe es que llegó allí a mediados del siglo XVI, época de oro para los barcos, fueran o no fantasmas. También fue una época de oro para los grandes escritores, los piratas, los banqueros y las testas coronadas, pero nada se dirá aquí de ellos porque ninguno tiene nada importante que hacer en esta historia. Tenía, el barco fantasma, un aire a la vez colosal y melancólico. Se mecía suavemente con las olas y golpeaba sin ruido contra el malecón. En los días claros y en las noches diáfanas se ponía particularmente transparente y a través de los mamparos y de las velas hechas jirones se veían el horizonte o la luna o el sol poniente del otoño. Pero cuando el smog bajaba, espeso y amarillento, el barco fantasma parecía real de tan opaco y casi se podría haber subido a bordo cosa que por supuesto nadie hacía y nadie había hecho en muchos siglos. De vez en cuando se incendiaba. Sí, se incendiaba. Nacía una llamita chiquita, insignificante, en alguna parte, en la arboladura, en una vela, en el camarote del capitán, en un rollo de soga reseca sobre el puente, y crecía, crecía, corría por las maderas, subía al palo mayor, trepaba, danzaba, reptaba y era de pronto un verdadero incendio que consumía el barco e iluminaba las noches del puerto o hacía vibrar el aire anaranjado bajo el sol. Y cuando el incendio terminaba, el barco fantasma volvía a mecerse con las olas y a chocar silenciosamente contra el muelle, intacto, fantasmoso y fantásmico como el primer día de su tan extraña condición. Otras veces ejércitos de ratas fantasmas lo abandonaban presurosamente haciendo equilibrio sobre los cabos que lo amarraban a la costa, y se esfumaban al tocar las piedras del muelle. Y otras veces se oía una voz que gritaba órdenes en un idioma desconocido que sonaba a música, adornado con largas vocales abiertas.

Así pasaron años y siglos y el puerto fue despoblándose porque sobrevino la época de oro para los aviones, y más tarde poblándose y cambiando porque los ricos llegaban y partían en sus naves de placer hacia islas y continentes bajo el cielo de loza azul del trópico. Durante los últimos años del siglo XX, cuando pudorosas doncellas, dulces, suaves como duraznos del mediodía y altivas como dogaresas se hacían a la mar en veleros con quillas de plástico y velas de todos colores, alguien trató de descifrar el nombre del barco fantasma pintado y despintado en la proa y en la popa con historiadas letras negras. Hasta hubo una polémica en los medios de comunicación masiva y un arqueólogo barbado y estrábico se pronunció por "Hoarfrost" y fue contradicho con cierta acritud por un funcionario del Ministerio de Asuntos Marinos e Ictícolas que aseguró que se trataba de "Alcandory" mientras el Director de la Sociedad "Potamós und Talassá" refutaba diciendo que era "Donostiarre". Todo quedó en la nada como suele suceder con esas cosas y el público olvidó pronto la discusión.

Pero una de las doncellas despiadadas como dogaresas y doradas como duraznos vernales se paró una tarde en el muelle y mirando el barco fantasma se preguntó por el verdadero nombre. Su acompañante le dijo algo y ella sonrió. Y en ese momento el barco, como otras veces, empezó a incendiarse. De la sentina se alzó una llama alta y esbelta, y otra después, no tan esbelta pero más alta, y otra, y otras, y la doncella gritó. Su acompañante, que era un perfecto caballero, trató de calmarla con palabras suaves y optimistas. Pero una voz de hombre, de seguro que no un perfecto caballero, pedía auxilio desde el puente en un idioma extraño lleno de aes y de íes que cantaban en medio de las palabras. Así que ella corrió, descalza, y corrió y subió al barco fantasma corriendo para socorrer al que clamaba. Le brillaban los ojos mientras corría y apenas sentía las piedras y los maderos bajo las plantas de los pies. Como el acompañante de la doncella era además de un perfecto caballero un perfecto idiota, sólo atinó a llamar a la policía.

Al día siguiente el barco fantasma ya no se mecía con las olas ni chocaba sin ruido contra el muelle del puerto de Waalwijk. Nunca volvió. Ella tampoco. Se convirtió en fantasma como tantas otras doncellas sus hermanas en tantos siglos no sólo en el XVI, no sólo en el XX. Averiguó el nombre verdadero y a veces brilla en los lugares más inesperados y hay siempre unos pocos privilegiados que alcanzan a verla entre las llamas.

"Cavatina"

–Usted qué sabe –dijo Lipman.

Estaba sentado a la mesa grande en la sastrería y revolvía el té con la cucharita de plata. Detrás de la cortina de pana marrón, más allá del pasillo, Heidrun preparaba la comida. Lipman se había casado con una cristiana y no la dejaba salir, primero, porque era su mujer y segundo por eso, porque era cristiana, no digamos a la calle, no la dejaba ni asomarse al negocio. Rubia, para colmo. Cómo se puede ser rubia. La madre de Lipman era muy blanca y tenía el pelo muy negro y las hermanas también; iguales a la madre, las hermanas.

–Usted qué sabe. Yo estaba en Europa en ese momento, en Alemania. Vivíamos en Zehlendorf. ¿Usted sabe adónde queda Zehlendorf?

–Claro que sé.

–Qué va a saber usted.

De Zehlendorf a Dahlen no hay más que unas cuadras y en el Museo de Dahlen se puede ver una "Venus con Abejas" que pintó don Lucas Cranach, rubia. Allí fue donde una mañana tuvieron lugar ciertos acontecimientos notables. Porque hay que ver que una cosa es subir en la Biblioteca Nacional la misma escalera que sube el viejo Homero preguntándose por qué es que ahora todo es tan distinto y adónde está la Potsdamerplatz y qué será de la humanidad si pierde a su contador de cuentos, y otra es entrar en la sala IX de pisos crujientes y encontrarse con la Venus de don Lucas que mira desde allá constelada de abejas, enjoyada de sonrisas y ese pelo tan rubio.

Heidrun, la mujer de Lipman, no sabía nada de la vida. Se había enamorado, o eso creía, de ese personaje romántico, silencioso, de grandes ojos negros y manos largas y finas.

–Como arañas blancas –dijo la Venus de las abejas.

–Vos callate –dijo Heidrun.

–¿Eh? ¿Qué pasa allí? ¿Con quién está hablando?

–Con nadie –contestó ella–, hablo sola.

–Ah.

Llegaba, alto, flaco, vestido de negro, a probarle al padre los sacos smoking, las camisas blancas, los pantalones ajustados, los abrigos larguísimos con cuello de terciopelo o de raso. Ella se asomaba y él la miraba. El le decía señorita, haciendo sonar la ere contra el paladar.

–Vamos, vamos –decía el padre–, váyase a hacer lo que tiene que hacer y no moleste acá.

La madre le aconsejó que se casara. Un sastre, por lo menos se queda en su casa por las noches. El padre dijo que bueno y pensó que ya no iba a pagar la hechura de los sacos smoking etcétera, pero se murió de un ataque a la cabeza un mes antes del casamiento y Lipman usó el día en el que se casó con Heidrun un conjunto de los que él mismo le había hecho a su casi suegro. El finado era más corpulento que Lipman, más cuadrado de hombros, cómo decirlo, más macizo, pero como se casaron sólo por civil, eso no tuvo mucha importancia.

En el Museo de Dahlen una mañana un guardián se acercó amenazador a una nena que se había apoyado en el marco de un cuadro. La nena se asustó y corrió llorando a abrazarse a su mamá. La mamá y la nena y el papá de la nena se habían escapado hacía dos semanas de Berlín este. Los soldados habían tirado y el agua se había teñido de sangre porque llegaban a Berlín oeste cruzando a nado el río Spree, la nena atada al papá con los cordones de la cortina del comedor. La mamá los había remolcado a la orilla y el papá estaba todavía en terapia intensiva en un hospital del oeste. El guardián de la sala IX dijo que cómo era posible que sucedieran esas cosas en un museo y que él no iba a permitir que una mocosa comunista pusiera en peligro los cuadros. En la sala había una turista que no sabía alemán. La mamá de la nena creyó que la turista no era una turista sino una berlinesa del oeste que se había quejado de su hijita al guardián y le dijo que si no le daba vergüenza abusarse así de una criaturita. La turista no entendía por qué esa mujer entre que le gritaba y le lloraba, la nena sollozaba, el guardián protestaba y la mamá de la nena decía que todos las odiaban. La Venus de don Lucas Cranach se sonrió y se movió en el cuadro para desentumecerse: le quedaba muy incómoda esa rama con hojas que le tapaba una de las partes más apetitosas de su cuerpo color rosa y oro. El gordito le echó una mirada de desaprobación (no sé si dije que en el cuadro hay también un Amor, un gordito pálido no muy contento con las abejas ni con la sala IX ni con el mundo en general). Las abejas zumbaron. Heidrun se agitó en el sueño y para no despertarse empezó a soñar que comía sentada a una mesa puesta en la calle mantel de hilo blanco con fils-tiré, vajilla azul con paisajes de caza, copas de cristal cortado, velas de cera amarilla, jarras de plata, en la esquina de Córdoba y Avenida Francia. En el momento en el que le ponía miel a una galleta de sésamo redonda y chata, la turista preguntaba en castellano qué pasaba ahí por favor, la nena y la mamá lloraban, el guardián decía se van todas de acá inmediatamente, las abejas zumbaban cada vez más fuerte, el Amor decía:

–No te muevas.

Y la Venus llamaba:

–Despertate, qué hacés ahí soñando pavadas.

Con todo lo cual la sala IX era un verdadero escándalo.

A Lipman le encantaba convidar a sus clientes con té. Llegaba el ingeniero Pedemonte por ejemplo, y él decía:

–Un momentito, ingeniero, que no todo han de ser negocios en esta vida, un momentito.

Se iba para adentro, a la cocina:

–Mujer, prepárenos té.

Cuando el té estaba listo, Heidrun tocaba una campanita y Lipman volvía a buscarlo. Llevaba la bandeja de bronce martillado a la sastrería, convidaba al ingeniero, revolvía su té con la cucharita de plata y contaba atrocidades de la guerra.

–Mentira –decía Heidrun desde adentro–, está mintiendo, cuando la guerra él tenía tres meses.

A veces lo decía en voz muy baja y no la oía nadie. A veces lo decía un poco más fuerte y Lipman se hacía el que no la oía. A veces lo gritaba y Lipman recontragritaba:

–¡Basta, mujer, silencio!

Ella se callaba y pensaba en su finado padre. Quería ser como él, ponerse pantalones de perneras ajustadas y pinzas en la cintura, medias de seda negra, zapatos de charol, camisas blancas, sacos smoking, corbata negra, larguísimos abrigos con cuello de piel y miel de las abejas de Dahlen. Quería que se dieran vuelta en la calle a mirarla pasar. ¿Llevaría un bastón? No. Pero se peinaría con rodete, o una cascada rubia sobre el cuello del abrigo y una rama verde para recatarse de las miradas de la multitud perdido en la cual el viejo Homero busca tema para sus versos.

Todo se aclaró. El Prof. Dr. Jürgen-Louis Köpke que estaba en la sala de al lado y por supuesto hablaba castellano además de su alemán materno y otras lenguas menos importantes, fue a ver qué pasaba. Su primer impulso había sido quedarse en la reconfortante sí que interesante compañía del señor Van Ruysdael, pero después había reflexionado. Era un buen ciudadano, pagaba puntualmente sus impuestos, enseñaba en la Universidad Libre de Berlín, dedicaba las mañanas de los jueves en las que no tenía clase, a visitar museos, iba tres veces por mes a un concierto, tenía una úlcera de duodeno que lo hacía sufrir con moderación, invitaba a cenar una vez cada quince días a su colega la Dra. Ruth Frelesleben, y había publicado veinte trabajos en revistas especializadas y un libro sobre los dialectos turcos y su influencia en el habla popular del siglo XIX en la Europa central. En otras palabras: ¿por qué no paraban esa gritería en la sala de al lado? Abandonó a Van Ruysdael y se asomó.

A la Venus de don Lucas Cranach nunca le habían gustado los profesores y el flaco ése de los anteojos y el pelito cortito apestaba a cátedra universitaria. Heidrun se despertó.

–Las cosas que te estás perdiendo –dijo la Venus.

Lipman estaba en el baño: se oía correr el agua en el lavatorio y el blublú de las gárgaras. Fue entonces cuando Heidrun abrió los ojos y se dio cuenta de que en el mundo había muchísimas más cosas de las que le habían contado y de que ella podía verlas a todas. Ya no quiso ser como su finado padre: lo que quería era seguir mirando, no dejar nunca de mirar. En el baño Lipman se estremeció, sacudió la cabeza, abrió la boca para preguntarle a su mujer qué hora era, y en vez de eso cantó para ella el Aria del Amor Enamorado, segundo acto de la "Afrodita en Vétride" de Johannes Gahlbecke:

> –Nur ein einziges Mal
> habe ich im Leben geliebt.
> Nur ein einziges Mal
> und nicht mehr.

Y cuando terminó sonó la "Cavatina" de Francelli tocada por las manos regordetas del Amor mismísimo en la pianola blanca con guirnaldas doradas que en 1920 se hizo construir el señor Siemens para solaz y esparcimiento de sólo sus oídos en el sótano. Qué suerte que ella era ella. Porque francamente, a quién se le ocurre querer ser maître d'hôtel y aguantar a gordas ridículas, a tipos prepotentes, a jovencitas y jovencitos llenos de tics, a quién se le ocurre. Esta vez la madre no le aconsejó nada porque entre el seguro y la pensión se había encontrado con que tenía lo que se llama un buen pasar y se había ido a vivir a Buenos Aires frente al pasaje Bollini ya que le habían tirado abajo el Seaver. No importó: ni falta que le hacía. Se hamacó Heidrun en la secreta, brillante, blanda pero indestructible red que sostiene el mundo. Se hamacó como un bebé.

–Al fin –dijo la Venus de las abejas–. Mirá que me diste trabajo, ¿eh?

Lipman había abierto las canillas de la bañadera. Se lo imaginó sonriente, los ojos cerrados, acostándose en el agua caliente agarrado de los bordes, suspirando. Tenía para tres cuartos de hora por lo menos. Se levantó y se sacó el camisón. Bailó desnuda por el dormitorio, se fue bailando por el pasillo, levantó la cortina de pana marrón, bailando entró en la sastrería, se abrió de piernas sobre el macetón de la aspidistra y dejó correr el chorro dorado y caliente que hizo un agujerito en la tierra enriquecida con humus y resaca que Lipman compraba en el jardín "Corona Hnos. & Cía.". Después volvió al dormitorio y se vistió.

La mamá de la nena pidió disculpas sonriendo entre lágrimas y el Prof. Köpke pensó que era una muchacha bonita, muy bonita a pesar de esa ropa horrible. También pensó que la Dra. Frelesleben hablaba demasiado últimamente y en voz cada día más alta, y que a él los lingüistas franceses que parecían entusiasmarla tanto a ella, no terminaban de convencerlo. La Venus de don Lucas Cranach se metió este dedo en la boca y mojadito así como estaba, lo pasó con suavidad por sobre las tripas lastimadas del Prof. Köpke. No lo hizo por él que no le gustaba nada, lo hizo por la nena y por la mamá de la nena que sí le gustaban y en cuanto esa mujer se sacara esas ropas espantosas iba a causar sensación.

–Se van a dar vuelta en la calle a mirarla –dijo Heidrun.

–Claro que sí –dijo la Venus.

–Entschuldigen Sie –dijo el Prof. Dr. Jürgen-Louis Köpke que se sentía maravillosamente bien, como si lo hubieran bañado en miel, en polen, en cera perfumada.

La mamá de la nena se ruborizó. El guardián de la sala IX pensó que no le faltaban más que siete años para jubilarse. La turista que no sabía alemán pasó de la sala IX a la sala VIII. Tendría que haber pasado a la sala X pero había entrado por donde no debía. Hacía dos días que estaba en Berlín y lo único que había aprendido era que U era el subte, S era el tren y Ausgang la salida.

–Se puede saber qué es eso –dijo Lipman.

–Sopa–dijo Heidrun levantando el cucharón lleno de caldo.

–No, eso otro, en la puerta.

–Aah –dijo Heidrun.

–Le he preguntado qué es.

–Aaah, ¿por qué? ¿No te gusta?

–No se aparte de la cuestión. Un marido tiene derecho a saber. ¿O no? Claro que sí. Un hombre mantiene a su mujer, trabaja para ella, le da todos los gustos, tiene derecho a saber.

–Pero claro que sí, Ari –dijo Heidrun dejando el cucharón en la olla y levantando los brazos como para desperezarse–, claro que sí.

Sonó la chicharra en la puerta de la sastrería. El chirrido berrido como hormigas de plata como un río chiquito mínimo de liliput lili lili liliput put put bajó por la pared put put rrriiinnn tttrrrriiinnn lili lili, bajó corrió ttrriinn por el piso ttrriinnn, tropezó con el zapato de Lipman, le subió por el tobillo, subió subió por la pierna por las dos piernas subió se le aflojaron las rodillas subió por los muslos, algo se le agitó bajo el pantalón, trepó por la cintura la espalda, la cabeza se le llenó de zumbidos y voces y reptar de ramas con hojas y con los ojos brillantes de lágrimas pensó en diosas rubias a las que llevaba a comer a un jardín de Zehlendorf y la boca se le inundó de gusto a miel.

–Un cliente –dijo Heidrun haciendo saltar la primera e en el trampolín de la lengua contra los dientes–. Un cli e e e e e ente.

Lipman se desmigajaba, se deshacía, se fundía en el aire azul de la calle España, se hacía miel caldo agua orina y brotaba como un manantial música de la "Cavatina" todavía en el aire.

–Un cliente, Ari, un cliente –repitió Heidrun–, viene alguien, son varios, son ricos, vienen a encargarte los trajes para un casamiento, el novio, los padrinos, los testigos, todos.

La Venus se impacientaba. Levantó un pie desnudo rosa y oro y con el pie desnudo rosa y oro empujó a Lipman hacia la sastrería. El gordito se atragantó pero las abejas, ah las abejas, a ellas qué les importa, ellas siguen fabricando su miel, zumbando en el panal, metiendo las cabecitas en las celdillas lujosas de dulce y de sol. El guardián de la sala IX se frotó los ojos y se dijo que estaba cansado, que iba a tener que ir de nuevo al baño, que su cuñado debía tener razón: eso era la próstata; que había sido un mal día y ayer también y antes de ayer también y que la paciencia de un hombre tiene su límite.

Heidrun se inclinó sobre la olla y miró los ojitos amarillos del caldo. Esa noche Lipman miró los ojos suculentos de su mujer y se durmió pensando en toda la plata que iba a ganar haciéndoles los trajes a esas gentes para el casamiento.

–Mañana empiezo –le dijo Heidrun.

–Lo que usted quiera, sol de mi vida –dijo Lipman medio segundo antes de quedarse dormido.

Haidrun le sacó la lengua a la Venus de don Lucas y la Venus comentó:

–Aprende rápido.

A eso el gordito antipático quiso hacer una observación pero entonces ella levantó la rama uy qué vergüenza, y la bajó y la levantó y la bajó y la levantó y la bajó y lo castigó hasta obligarlo a salir corriendo saltando de un cuadro a otro de una sala a otra. Heidrun se reía. La Venus también.

A la mañana siguiente el guardián de la sala IX no podía dejar de pensar en Modigliani, vaya usted a saber por qué. Un momento, ¿no había en ese cuadro un? Qué cansado estoy. Un. Otra vez tengo ganas de ir al baño.

–Se está muriendo –dijo Heidrun.

–No te vas a preocupar por toda la gente que se muere –dijo la Venus.

Heidrun se calzó los pantalones ajustados en las perneras y con pinzas en la cintura, se puso los zapatos de charol sobre las medias de seda negra, hizo frente al espejo del tocador el nudo de la corbata, se puso el saco smoking. La ropa de su finado padre le quedaba grande pero ya le pediría a Ari que se la arreglara.

Adelanto aquí para el distinguido público que el que se estaba muriendo era el papá de la nena asustada y que efectivamente se murió. El Prof. Dr. Jürgen-Louis Köpke consoló a la viuda visitándola todos los días y llevándole pequeños regalos, pasando la mano sobre la cabeza de la nena a la que pensaba poner pupila en un colegio no muy caro porque él no iba a andar criando hijas ajenas. Adelanto asimismo que la mamá de la nena se casó no con él sino con un pintor barbado no figurativo mexicano con talento y que se fueron con la nena y con otra nena que tuvieron a vivir a Nueva York. El Prof. Köpke no volvió a invitar a la profesora Frelesleben a cenar pero siguió dando clases y visitando museos y la úlcera se agrandó se agrandó se agrandó; de noche, en lo oscuro, en el silencio, podía oírla, era como la clara de huevo, bailoteaba, se extendía temblequeante para arriba, para abajo, para los costados, y eso lo hacía sudar de miedo.

En cambio Heidrun resplandecía sentada al viejo escritorio que había sido de Benito, el hermano mayor de Ari, que era contador. En la sastrería Lipman servía el té de un termo anaranjado y blanco, revolvía con la cucharita de plata y decía:

–Si usted hubiera estado ahí, doctor, se hubiera espantado. Dantesco. Apocalíptico, créame.

Cualquiera que pasara frente a la sastrería vería la placa brillante en la puerta contigua:

MME. HEIDRUN LIPMAN

Cobraba mucho pero valía la pena. Usted entraba por la puerta siempre abierta, recorría el pasillo sintiendo que estaba haciendo una tontería pero que bueno, por qué no probar. Al llegar a la puerta con vidrio inglés miraba el reloj para asegurarse de que era puntual como le habían recomendado que fuera. Faltaban dos segundos. Ya. Usted entraba y se quedaba sin aliento. La sastrería, al frente, sobre la calle España, era toda marrón marrón, cortina, mesas, mostrador, armario, probadores, madera, alfombra, todo. El cuarto de Heidrun al fondo, sobre el patio, era todo blanco, paredes, techo, luz, cortina almidonada en la ventana, escritorio, silla, piso de mosaicos sin alfombra, todo. Y ella vestida de negro, smoking, cascada rubia o rodete, camisa blanca, serena, señera, señora, madonna, no se ponía de pie.

–Buenas, buenos (tardes o días, depende) –decía usted y se sentaba.

Mme. Heidrun empezaba a hablar.

La Venus de las abejas opinaba, ha opinado siempre, que es mucho mejor estar desnuda que vestida.

–No sé para qué tanto trapo –dice.

El Amor volvió al cuadro y ella lo dejó volver: él también está desnudo pero no es más que un gordito desagradable que quedaría mejor vestido, cuestión de que no se le notaran la panza ni el cuello corto. Tengo la sospecha de que las abejas se burlan de él. Al guardián de la sala IX lo operaron de la próstata y ya ni siquiera piensa en la jubilación.

–Esa mujer es una maravilla –le habían dicho a usted–, sabe todo, ve todo. Es cara, pero tenés que ir a verla.

Esa mujer sentada frente a usted escritorio de por medio lo mira con ojos de oro o es el reflejo del casco, la cascada sobre el cuello, y le dice la vida, se vuelve usted, se enrosca, alienta, va y viene, flota, remonta, vuela, mastica, invade, no lo deja respirar. Lipman siempre creyó que no hay que esforzarse demasiado cuando es evidente que no hay necesidad. También que es inútil tratar de vivir hoy lo que va a haber que vivir mañana. Y que si bien para el que no tiene nada, poco es mucho, para el que tiene mucho, más es peligroso. En consecuencia acepta cada vez menos pedidos y revuelve el té con la cucharita de plata mientras Heidrun le indica a usted que se siente frente a ella y ella le cuenta a usted lo que a usted le ha pasado, lo que le pasa, lo que le va a pasar mañana, pasado mañana, dentro de un mes y de acá a cinco años. Un traje por mes está más que bien: hay tantas casas ahora que venden buena ropa de confección, aparte de que la gente ya no se viste como antes, con tanta formalidad. También algún pantalón y hasta un arreglo para un viejo cliente; algo liviano, como pretexto para tener a quién invitar a sentarse y tomar un té. Todas las noches se abraza a su mujer rubia y ella se moja las puntas de los dedos en sus bocas y los pasa por la cabeza, la cara, sobre todo la cara, frente, arcos superciliares, nariz, mentón, pómulos, ojos; los hombros, los brazos, la cintura de Lipman.

Lipman se parece cada día más a Lucas Cranach

joven, cosa que se ve enseguida contemplando el "Autorretrato del Pintor en su Estudio", ese cuadro que está en el Schinkel junto al "Aguila Herida" de Rickenbauer (1773–1821). Ahí se lo ve muy erguido, orgulloso, vestido con un largo delantal de pintor, tocado con una boina granate que requintada, deja ver una plumita moteada entre sus pliegues, sosteniendo en la mano los pinceles, muy blanco, el pelo muy negro, las manos de dedos largos y finos, los ojos oscuros mirando para acá soñadores, seguro de las Venus que alguna vez va a pintar, de las abejas y los paisajes y los paraísos, casi petulante, capaz de conquistar a alguna belleza rubia inalcanzable, de cruzar un río a nado perseguido por el enemigo, de sufrir enfermedades atroces, de dedicarse con unción a modestos trabajos.

Es muy fácil. Si sólo usted o yo pudiéramos probar: todo lo que hay que hacer es.

Por las tardes Aarón Lipman, el más orgulloso de los hombres, erguido, vestido de oscuro, el pelo negro un poco largo sobre la nuca que junto con sus manos largas y finas le da cierto aire romántico, sale de la casa para un paseo, una visita, una comida en algún restaurante que tenga jardín y en el que el maître lo atienda con deferencia, dando el brazo a su mujer rubia vestida en verano de sedas escotes puntillas sandalias, vestida en invierno de pieles o larguísimos abrigos negros con cuello de terciopelo o de raso, sale, pálido, sereno, una sospecha de sonrisa en la cara y en el paso, ojos negros piel muy blanca como su madre y sus hermanas. Se ha olvidado de la guerra: piensa, para qué más, en el té rubio, en el sol rubio, en caldos apetitosos como la carne suave de afroditas rosadas desnudas contra un paisaje verde, en su mujer. En miel.

La perfecta casada

A la memoria de María Varela Osorio

Si usted se la encuentra por la calle, cruce rápidamente a la otra vereda y apriete el paso: es una mujer peligrosa. Tiene entre cuarenta y cinco y cincuenta años, una hija casada y un hijo que trabaja en San Nicolás; el marido es chapista. Se levanta muy temprano, barre la vereda, despide al marido, limpia, lava la ropa, hace las compras, cocina. Después de almorzar mira televisión, cose o teje, plancha dos veces por semana, y a la noche se acuesta tarde. Los sábados hace limpieza general y lava los vidrios y encera los pisos. Los domingos a la mañana lava la ropa que le trae el hijo, que se llama Néstor Eduardo, amasa fideos o ravioles, y a la tarde viene a visitarla la cuñada o va ella a la casa de la hija. Hace mucho que no va al cine pero lee “Radiolandia” y las noticias de policía del diario. Tiene los ojos oscuros y las manos ásperas y empieza a encanecer. Se resfría con frecuencia y guarda un álbum de fotografías en un cajón de la cómoda junto a un vestido de crêpe negro con cuello y mangas de encaje.

Su madre no le pegaba nunca. Pero a los seis años le dio una paliza un día por dibujar una puerta con tizas de colores y le hizo borrar el dibujo con un trapo mojado. Ella mientras limpiaba pensó en las puertas, en todas las puertas, y decidió que eran muy estúpidas porque siempre abrían a los mismos lugares. Y ésa que limpiaba era precisamente la más estúpida de todas las puertas porque daba al dormitorio de los padres. Y abrió la puerta y entonces no daba al dormitorio de los padres sino al desierto de Gobi. No le sorprendió aunque ella no sabía que era el desierto de Gobi y ni siquiera le habían enseñado todavía en la escuela dónde queda Mongolia y nunca ni ella ni su madre ni su abuela habían oído hablar de Nan Shan ni de Khangai Nuru.

Dio unos pasos del otro lado de la puerta y se agachó y rascó el suelo amarillento y vio que no había nada ni nadie y el viento caliente le alborotó el pelo así que volvió a pasar por la puerta abierta, la cerró y siguió limpiando. Y cuando terminó la madre rezongó otro poco y le dijo que lavara el trapo y que llevara el escobillón para barrer esa arena y que se limpiara los zapatos. Ese día modificó su apresurada opinión sobre las puertas aunque no del todo, no por lo menos hasta no ver lo que pasaba.

Lo que fue pasando a lo largo de toda su vida y hasta hoy fue que de vez en cuando las puertas se comportaban en forma satisfactoria aunque en general seguían siendo estúpidas y abriéndose sobre comedores, cocinas, lavaderos, dormitorios y oficinas en el mejor de los casos. Pero dos meses después del desierto por ejemplo, la puerta que todos los días daba al baño se abrió sobre el taller de un señor de barba que tenía puestos un batón largo, zapatos puntiagudos y un gorro que le caía a un costado de la cabeza. El viejo estaba de espaldas sacando algo de un mueble alto con muchos cajoncitos detrás de una máquina de madera muy grande y muy rara con un volante y un tornillo gigante, en medio de un aire frío y un olor picante, y cuando se dio vuelta y la vio empezó a gritarle en un idioma que ella no entendía. Ella le sacó la lengua, salió por la puerta, la cerró, la volvió a abrir y entró al baño y se lavó las manos para ir a almorzar.

Otra vez, a la siesta, muchos años más tarde, abrió la puerta de su habitación y salió a un campo de batalla y se mojó las manos en la sangre de los heridos y de los muertos y arrancó del cuello de un cadáver una cruz que llevó colgando mucho tiempo bajo las blusas cerradas o los vestidos sin escote y que ahora está guardada en una caja de lata bajo los camisones, con un broche, un par de aros y un reloj pulsera descompuesto que fueron de su suegra. Y así sin querer y por suerte estuvo en tres monasterios, en siete bibliotecas, en las montañas más altas del mundo, en ya no sabe cuántos teatros, en catedrales, en selvas, en frigoríficos, en sentinas y universidades y burdeles, en bosques y tiendas, en submarinos y hoteles y trincheras, en islas y fábricas, en palacios y en chozas y en torres y en el infierno.

No lleva la cuenta ni le importa: cualquier puerta puede llevar a cualquier parte y eso tiene el mismo valor que el espesor de la masa para los ravioles, que la muerte de su madre y que las encrucijadas de la vida que ve en televisión y lee en "Radiolandia".

No hace mucho acompañó a la hija a lo del médico y mirando la puerta cerrada de un baño en el pasillo de la clínica se sonrió. No estaba segura porque nunca puede estar segura pero se levantó y fue al baño. Y sin embargo era un baño: por lo menos había un hombre desnudo metido en una bañadera llena de agua. Todo era muy grande, con techos muy altos y piso de mármol y colgaduras en las ventanas cerradas. El hombre parecía dormido en su bañadera blanca, corta y honda, y ella vio una navaja sobre una mesa de hierro que tenía las patas adornadas con hojas y flores de hierro y terminadas en garras de león, una navaja, un espejo, unas tenazas para rizar el pelo, toallas, una caja de talco y un cuenco con agua, y se acercó en puntas de pie, levantó la navaja, fue en puntas de pie hasta el hombre dormido en la bañadera y lo degolló. Tiró la navaja al suelo y se enjuagó las manos en el agua tibia de la bañadera. Se dio vuelta cuando salía al corredor de la clínica y alcanzó a ver a una muchacha que entraba por la otra puerta de aquel baño. La hija la miró:

–Qué rápido volviste.

–El inodoro no funcionaba –contestó.

Muy pocos días después degolló a otro hombre en una tienda azul de noche. Ese hombre y una mujer dormían apenas tapados con las mantas de una cama muy grande y muy baja y el viento castigaba la tienda e inclinaba las llamas de las lámparas de aceite. Más allá habría un campamento, soldados, animales, sudor, estiércol, órdenes y armas. Pero allí adentro había una espada junto a las ropas de cuero y metal y con ella cortó la cabeza del hombre barbudo y la mujer dormida se movió y abrió los ojos cuando ella atravesaba la puerta y volvía al patio que acababa de baldear.

Los lunes y los jueves, cuando plancha por las tardes los cuellos de las camisas, piensa en los cuellos cortados y en la sangre y espera. Si es verano sale un rato a la vereda después de guardar la ropa hasta que llega el marido. Si es invierno se sienta en la cocina y teje. Pero no siempre encuentra hombres dormidos o cadáveres con los ojos abiertos. En una mañana de lluvia, cuando tenía veinte años, estuvo en una cárcel y se burló de los prisioneros encadenados; una noche cuando los chicos eran chicos y todos dormían en la casa, vio en una plaza a una mujer despeinada que miraba un revólver sin atreverse a sacarlo de la cartera abierta, caminó hasta ella, le puso el revólver en la mano y se quedó allí hasta que un auto estacionó en la esquina, hasta que la mujer vio al hombre de gris que se bajaba y buscaba las llaves en el bolsillo, hasta que la mujer apuntó y disparó; y otra noche mientras hacía los deberes de geografía de sexto grado fue a buscar los lápices de colores a su cuarto y estuvo junto a un hombre que lloraba en un balcón. El balcón estaba tan alto, tan alto sobre la calle, que tuvo ganas de empujarlo para oír el golpe allá abajo pero se acordó del mapa orográfico de América del Sur y estuvo a punto de volverse. De todos modos, como el hombre no la había visto, lo empujó y lo vio desaparecer y salió corriendo a colorear el mapa así que no oyó el golpe pero sí el grito. Y en un escenario vacío hizo una fogata bajo los cortinados de terciopelo, y en un motín levantó la tapa de un sótano, y en una casa, sentada en el piso de un escritorio, destrozó un manuscrito de dos mil páginas, y en el claro de una selva enterró las armas de los hombres que dormían y en un río alzó las compuertas de un dique.

La hija se llama Laura Inés y el hijo tiene una novia en San Nicolás y ha prometido traerla el domingo que viene para que ella y el marido la conozcan. Tiene que acordarse de pedirle a la cuñada la receta de la torta de naranjas y el viernes dan por televisión el primer capítulo de una novela nueva. Vuelve a pasar la plancha por la delantera de la camisa y se acuerda del otro lado de las puertas siempre cuidadosamente cerradas de su casa, aquel otro lado en el que las cosas que pasan son mucho menos abominables que las que se viven de este lado, como se comprenderá.

Suerte de varas

Harding era presidente de los Estados Unidos y Poincaré era primer ministro de Francia; Ana Gutbrod batía en el Paraná el record de natación en aguas abiertas; Yolanda de Saboya se casaba con el Conde Calvi de Bérgolo y un tal Benito Mussolini firmaba como Notario de la Corona; en Rosario había peste bubónica; era el centenario de Renán; se moría la ex reina Milena de Montenegro, se moría Pancho Villa; bajaba el marco alemán; María Melato venía al Politeama; se firmaba el tratado de paz de Lausana; Bertrand Russell anunciaba la segunda guerra mundial y yo me miraba al espejo de la cómoda y me encontraba fea.

No era para menos: tenía los ojos hinchados y abajo de los ojos hinchados tenía ojeras entre grises y violetas y la boca torcida en una mueca amarga; estaba despeinada, tenía la nariz tapada y enrojecida y toda la cara mojada de lágrimas. El mundo no existía: Harding, Russell, Poincaré, Mussolini no eran más que nombres. No había teatros, no había tratados: lo único que a mí me importaba era el cretino de Mariano y la arrastrada ésa que era bella, rubia y pecadora. Y me miraba al espejo, con mis ojos castaños y mi pelo castaño que debería haber estado peinado en un prolijo rodete, y veía mi cara fea y sucia de llanto. Lo peor de todo no era eso, lo peor era que yo no era una arrastrada: era una santa según la familia y las amigas que sabían perfectamente bien lo que me venía aguantando desde hacía años, siglos.

–¡Esto no puede seguir así! –dije, y pegué con el puño cerrado sobre la cómoda que casi rompo el cristal, como que todo el juego de cepillos saltó y bailó y quedó torcido y desprolijo como mi pelo.

Yo era joven y estúpida. Pero Julieta también era bastante estúpida, a Julieta Capuleto me refiero, y mucho más joven que yo y sin embargo había sido corajuda. Claro que la dicha no le había durado casi nada pero algo había tenido. Y además yo no era Julieta y además nunca se sabe y además todo era cuestión de probar. Fui al baño, me lavé la cara, me peiné, volví al dormitorio, me senté en una butaca y pensé.

Esa tarde, después que tomamos el té con Mariano y los chicos, él dijo que tenía que volver al escritorio. Por primera vez me alegré. Andá nomás, dije para mis adentros, andá y no te apurés en volver. Se fue. Me puse el saco, el sombrero, los guantes, agarré la cartera, le dije a Damasia que se ocupara de los chicos y salí.

–Señora, pero qué sorpresa –dijo el bueno de Urtubey cuando me vio aparecer–. Enseguida le digo al señor que usted está.

No hubo necesidad porque justo en ese momento Alberto abría la puerta de su oficina y venía para el mostrador. Se sorprendió, vaya si no.

–Qué hacés por acá.

–Qué pasa –dije–, ¿no puedo venir a visitarte ahora?

–Pero claro que podés, no digás macanas, vení, entrá, ¿querés una taza de té?

–No –dije–, un café.

Volvió a sorprenderse:

–¿Eh?, sí, claro, señor Urtubey, me hace el favor.

Casi salió corriendo el viejito de las ganas que tenía de atenderme, diciendo sí sí por supuesto.

Me senté.

–Me alegro de que hayas venido, en serio –dijo Alberto.

–Alberto, necesito plata.

Tercera sorpresa.

–Todo lo que quieras –dijo cuando reaccionó–. La mitad de lo que hay acá es tuyo, no sé cuándo lo vas a aprender.

–No quiero la mitad de lo que hay acá. Quiero un poco. Un poquito.

–¿Cuánto?

–Es que no sé.

–Vamos a ver, ¿qué es lo que pasa?

–Nada –le dije–, quiero comprarme ropa.

Largó una carcajada tan fuerte que a Urtubey que entraba en ese momento, casi se le va al suelo la bandeja con tazas, azucarera y hasta servilletas, en mi honor, supongo.

Alberto se secó las lágrimas con un pañuelo inmaculado como todo él, como el escritorio, como el viejito Urtubey, como todo alrededor de nosotros, y dijo:

–Por favor, señor Urtubey, me hace un vale de ciento cincuenta pesos a nombre de la señora.

–Por supuesto, sí, inmediatamente –y salió.

–¡Ciento cincuenta pesos! –dije yo–. Pero estás loco, Alberto, es mucha plata.

–Pavadas –dijo él–. Y prometeme que te vas a comprar un traje sastre color tango y un par de zapatos mordoré. Salomé tiene, y cada vez que sale a la calle se para el tráfico. A vos te tiene que quedar tan bien como a ella.

Salomé no es una pecadora, a pesar del nombre. Y tampoco es una santa porque para estar casada con mi hermano ni falta que le hace.

–En una de ésas me los compro –dije–. Decile que le mando un abrazo.

–Podrías venir a casa y dárselo vos, ¿no?

–¿Con Mariano?

–Sin Mariano –dijo muy serio.

–Entonces no –dije yo muy seria también.

–Sos una idiota –dijo Alberto.

Menos mal que entró Urtubey con la plata porque ya íbamos a empezar a pelear de nuevo.

No me compré el traje sastre color tango que era una especie de herrumbre oscuro, ni los zapatos ni nada. Me fui a casa con la plata y la guardé en el sécretaire bajo llave. Dos días. Al tercero agarré el teléfono y lo llamé a Ficino. Ficino era insoportable, flaco, petisito, con el bigote teñido de negro, charlatán, metido y siempre con olor a colonia de violetas, pero era el mejor peluquero cortador de todo Buenos Aires. Estuvo tres horas ocupado con mi cabeza.

–Nada de garçonne –dije desde el principio.

Yo había ido una vez escondidas, qué vergüenza, a verla al teatro. Como actriz no valía nada, no sabía cantar ni bailar ni hablar ni moverse. Pero que era linda, era linda, no cabía duda. Y se peinaba a la garçonne.

–Pero cara mía –dijo Ficino.

–Nada de garçonne –dije–, y nada de cara mía.

Cuando me sacó todo ese colchón de pelo, el que quedaba empezó a arquearse y a enrularse.

–Bellissima –dijo Ficino.

–Una porquería –dije yo.

Pero me lo dejé así.

Ese mediodía, antes de que llegara Mariano a almorzar, me miré al espejo de la cómoda y me encontré linda. Y eso que Harding seguía siendo presidente de los Estados Unidos, el marco alemán seguía bajando, Ana Gutbrod destrozaba otro record, Batlle Ordóñez se batía a duelo en Montevideo y mataba a su adversario, monseñor Pacelli era nuncio apostólico y Firpo era campeón y en el Opera daban "Si Yo Fuera Reina", con Ethel Clayton.

Llegó Mariano a almorzar y como ni me miró no se dio cuenta de lo del pelo. Ajá, pensé, ya vas a ver.

Se fueron los chicos al colegio y Mariano a la Bolsa o así dijo. Y yo me vestí y salí y me di una recorrida por las mejores modistas, y por Harrods que anunciaba en "La Prensa" un stock de lencería francesa.

Me gasté hasta el último centavo.

A la mañana siguiente yo estaba en la antecocina con Ofelia cuando oí que Mariano entraba al comedor y Damasia le servía el desayuno. No me apuré.

–¿Les pongo salsa blanca a los zapallitos? –dijo Ofelia.

–Sí –dije–, con bastante nuez moscada. O pimienta; mejor póngale pimienta. Y esta noche budín italiano de postre.

–¿Va a venir a comer el señor?

–Probablemente no, pero me lo voy a comer yo.

Dije buenos días al pasar por el comedor y me llegó una especie de gruñido como respuesta. Pero cuando estaba por salir hacia el corredor oí un estruendo de hojas de diario, si es que las hojas de diario pueden hacer estruendo. No me di vuelta y seguí caminando, sin cerrar la puerta para que pudiera verme. Valía la pena: el pelo corto enrulado, la cara fresca porque había dormido como un ángel, una robe de chambre blanca ¡blanca!, yo que siempre las usaba grises o beige, de plumetis con motitas coloradas y chinelas haciendo juego, con tanto volado, tanto pompón y tanta puntilla que se derramaban por los costados. No le vi la cara a Mariano pero podría haber jurado y podría jurar hoy, que tenía la boca abierta y los ojos desorbitados. Me puse a hablar de toallas con Damasia y me fui para adentro y no salí más. Creo, aunque solamente creo, que Mariano se demoró más que de costumbre y dio vueltas por el comedor y la sala antes de pedir el auto y salir.

Cuando llegó a almorzar yo estaba vestida de gris como las santas penitentes pero me miró, me miró largo fijándose bien en el pelo, y no dijo nada. Yo tampoco, pero hay que ver el trabajo que me costaba no reírme.

Al otro día no me vio a la hora del desayuno, me quedé en el cuarto de plancha haciéndome la que contaba servilletas. Me parece que Mariano ni sabía dónde quedaba el cuarto de plancha. Damasia entró con la canasta de ropa lavada, me echó una mirada rápida y dijo:

–Qué nervioso está hoy el señor, digo, señora, ¿no?

–Anda muy preocupado –dije, y seguí–. Doce de las

lisas y me falta una de las que tienen guarda, ah, no, ya me parecía, acá está.

Al mediodía no me vestí de santa: me puse un vestido de crêpe amarillo pálido con cuello de encaje. Fue una conmoción, pero siguió sin hacer ningún comentario. Yo, más dura y seca que una gallineta embalsamada.

Y a la noche fue la débâcle: llegó a tomar el té y yo no estaba.

–¡Dónde está la señora! –tronó.

–Salió, señor –dijo Damasia.

Marianito miraba asustado y la nena hacía pucheros.

–¡Y adónde fue! –volvió a tronar.

–No sé, señor –dijo tratando de consolar a la nena que lloraba a los gritos.

Yo llegué a las nueve. Sí, a las nueve. Y eso no es nada: vestida de rosa viejo; abrigo, guantes y sombrero al tono; cinturón, cartera y zapatos de charol. Mariano se paseaba por la sala fumando.

–Buenas noches –dije con la voz más dulce que encontré en mi garganta.

Se quedó parado y me miró, envuelto por el humo que le salía de la boca, la punta del cigarrillo, la nariz y posiblemente las orejas.

–¡Se puede saber de dónde venís! –gritó.

Me mantuve quietita como cuando jugábamos a las estatuas, en mitad del gesto de sacarme los guantes. Lo miré despacio, como quien se ve obligada a contemplar, por cortesía hacia el entomólogo, un bicho particularmente desagradable:

–¿Cómo? –dije con voz aún dulce.

–Llego a tomar el té y resulta que la señora no está –aullaba Mariano–. Espero y espero y nada. Los chicos solos, sin su madre. Y pasa toda la tarde y mirá a la hora en que venís.

–Cuando recuperes tus buenos modales quizá vuelva a dirigirte la palabra –dije, y enfilé para la puerta de adentro.

Resopló y se me abalanzó.

Yo había pensado mucho en ese instante. Sabía que se iba a poner violento: no para nada había estado ocho años casada con él. Y había decidido que iba a tratar de pararlo quedándome impávida, fría y distante. Porque si le hacía un quite y me apartaba, primero, le iba a demostrar que le tenía miedo, y segundo, lo iba a poner en ridículo y eso lo iba a enojar más todavía. Así que no me moví ni un milímetro ni cambié la expresión ni pestañeé. Se detuvo casi tocándome, respirando como un toro furioso. Estaba furioso:

–¿Me vas a decir adónde fuiste? –me preguntó en voz baja.

Lo seguí mirando y lo seguí mirando y lo seguí mirando. Por fin, cuando ya no daba más, sonreí:

–¿Me decís vos adónde vas todas las noches? –pregunté.

Se quedó él como una estatua. Y yo aproveché y me fui.

Me encerré en mi dormitorio, con llave. Me acerqué a la cómoda, me miré al espejo y me encontré bella. Bellissima, como diría Ficino. Y me sonreí. Y descubrí algo increíble: me estaba divirtiendo. ¡Dios mío, me estaba divirtiendo! Me reí con ganas, como hacía años que no me reía, como cuando era chica, como cuando éramos jovencitas y jugábamos en la quinta, como cuando llegaba el carnaval, como cuando estábamos entre amigas y nadie nos oía. Me reí y canturreé bajito mientras me desvestía.

Y en eso me entró miedo. No estaba bien divertirse. Y menos con el sagrado vínculo del matrimonio. No, señor. Yo a Mariano lo amaba. Sí, señor. ¿Lo amaba? Claro, sí, por supuesto, lo amaba, era el padre de mis hijos, quería recuperarlo, quitárselo a la rubia arrastrada ésa peinada à la garçonne, qué se creía. Me senté en la cama:

–Señor, Dios mío –dije–, ¿soy una pecadora? ¿Está mal divertirse? ¿Me vas a castigar por eso? ¿Soy tan importante como para que Vos me estés mirando a ver si me divierto o si lloro, a ver si me castigás o me premiás?

No me contestó, y eso me dejó más tranquila.

Más o menos una hora después oí que Mariano pasaba frente a mi puerta pisando fuerte y tosiendo. Tapada hasta la barbilla y con mi camisón nuevo de seda cruda bordado en punto sombra, me sonreí y le saqué la lengua como si pudiera verme. Lo oí entrar a su dormitorio haciendo mucho ruido. Me pregunté cuánto tiempo pasaría antes de que intentara entrar al mío.

Lo intentó a la noche siguiente. Durante el día no nos hablamos, pero como desde la aparición de la rubia no nos hablábamos nunca, nadie se dio cuenta de nada. Era sábado. Llegó a almorzar. Yo tenía puestas una pollera azul y una blusa blanca de mangas largas con cuello y puños bordados en azul. Me miró durante un buen rato y yo seguí haciéndome la gallineta embalsamada. Después de almorzar no dijo "me voy al hipódromo", no. Se sentó en la alfombra y se puso a jugar con los chicos y a mí casi me dio un soponcio. A las cuatro y media me fui para adentro y cuando Damasia avisó que el té estaba servido, aparecí lista para salir.

–¿Vas a salir? –preguntó con la voz un poco ronca.

–Sí –dije.

–¿Adónde vas?

Lo miré bien de frente, para que pensara que le estaba mintiendo:

–A lo de Clarita –dije–. Hoy cumple años pero no recibe más que a los íntimos.

Tomamos el té que para él seguro que fue una sesión de tortura, enojado, resentido y celoso, y para colmo atendiendo a los reclamos de los chicos que seguían entusiasmados porque el papá había jugado con ellos en la alfombra.

Me levanté y agarré la cartera y los guantes:

–Hasta luego –dije.

–Te llevo en el auto –saltó Mariano.

–No vale la pena –dije, y seguí camino a la puerta.

–¡Quedate, papá! –dijo la nena.

–¡Llevame, papá! –dijo Marianito.

–¡Esperá! –gritó Mariano–. Te llevo, así la saludo a Clarita yo también.

Fuimos a lo de Clarita adonde lo miraron como a un gliptodonte: éramos puras mujeres y hacía años que Mariano no iba conmigo a ninguna parte.

Esa noche oí los pasos en el corredor y los oí detenerse frente a mi puerta y vi cómo se movía el picaporte. Se me encogió el corazón: durante mucho, mucho tiempo, yo había dejado esa puerta sin llave y había esperado, con miedo, con esperanzas. Cuando se me habían terminado las esperanzas había empezado a cerrar con llave y pasador. Y ahora Mariano quería entrar. El picaporte volvió a su lugar pero él no se iba.

–¡Paulina! –llamó.

Yo, nada.

–¡Paulina!

–Qué hay –dije.

–Abrí.

Fui y abrí. Pero no lo dejé entrar; salí yo al corredor y arrimé la puerta detrás de mí.

–Qué querés –dije.

–Cómo qué quiero. Soy tu marido, ¿no?

–No.

–¡Cómo que no!

–No sos mi marido –dije

Y procedí a explicarle, tranquila y detalladamente lo que era un marido y lo que era él. No le gustó nada lo que le dije. Se puso furioso otra vez y otra vez se me abalanzó. Entonces sí me aparté. Le hice un quite y lo dejé pasar. Con el impulso abrió la puerta y fue a parar al medio de mi dormitorio. Me fui yo al de él, cerré la puerta, eché la llave y el pasador, me acosté y me dormí.

El lunes fui a pedirle más plata a Alberto y me encontré con que Urtubey me había preparado un informe de todo el movimiento de la oficina desde que había muerto papá y según el cual yo tenía efectivamente la mitad de todo cosa que yo ya sabía pero a la que nunca había echado mano porque Mariano decía que no necesitaba el dinero de su mujer. Me gustó lo que leí. Me gustó y me interesó tanto que me quedé la tarde entera leyendo y pidiendo explicaciones. Volví a casa tarde. Mariano no preguntó nada.

Después de eso hubo una semana, toda una semana, durante la cual se quedó en casa por las tardes y por las noches. Yo salía. Salía temprano, avisando adónde iba, y volvía a una hora no sé si apropiada para una santa pero sí para una joven señora moderna. Iba de visita, iba de compras, y después, cada vez con mayor frecuencia, me iba a la oficina y hablaba con Alberto y con Urtubey y ayudaba un poco y aprendía lo que era importación y exportación.

A la semana siguiente Mariano salió dos veces por la noche y a mí no me importó absolutamente nada.

Quince días después llegó William H. Ramsay junior a la Argentina con su mujer y Mariano me explicó quién era y lo importante que resultaba para él agasajarlo y hacerle buena impresión y me rogó, me rogó que fuéramos con ellos al Colón. Daban "Madame Butterfly". Le dije que bueno. Me puse una túnica griega de tisú plateado y cuando entré al palco toda la platea se dio vuelta a mirarme. Hablé en inglés con William H. y con su mujer, conversé con un montón de gente que vino a nuestro palco, y les sonreí a Alberto y a Salomé que me miraban divertidos desde allá enfrente.

Mariano dejó definitivamente de salir por las tardes y por las noches. Casi había llegado el verano cuando un día, tratando de no mirarme, parado de cara al balcón abierto, con los ojos fijos en los árboles de la vereda, me dijo que había terminado su liaison con la Trevenet. Le dije que me parecía muy bien. Me dijo que me quería y que nunca había dejado de quererme. Le costó, pero me lo dijo.

Me puse los guantes y me miré en el espejo veneciano de la sala: realmente, el blanco me sentaba bien. Me acordé de aquella conversación, del consuelo de saber que sí, que yo era tan importante como todo lo que vive bajo el sol y que vale tanto un alma alegre como un alma gimiente. Mariano se dio vuelta:

–¿Adónde vas? –me preguntó.

–A la oficina –dije–. Hoy llegan los técnicos franceses y no sé si Alberto va a poder manejarlos solo. Hasta luego.

La resurrección de la carne

Tenía treinta y dos años y hacía once que estaba casada y se llamaba Aurelia y una tarde que era de sábado miró por la ventana de la cocina y vio en el jardín a los cuatro jinetes del Apocalipsis. Hombres de mundo, los cuatro jinetes del Apocalipsis. Y bellos. El primero empezando de este lado montaba un alazán de crines oscuras: estaba vestido con breeches blancos, botas negras, chaqueta granate y un fez amarillo con pompones negros. El segundo tenía una túnica granate recamada en oro y violeta y estaba descalzo: cabalgaba a lomos de un delfín gordo. El tercero tenía barba, una barba negra, cuadrada y respetable: se había puesto un traje gris príncipe de Gales, camisa blanca, corbata azul, y llevaba un portafolios de cuero negro: estaba sentado en una silla plegable sujeta con correas a la joroba de un dromedario canoso. El cuarto hizo que Aurelia sonriera y que se diera cuenta de que ellos le sonreían: montaba una Harley-Davidson mil doscientos negra y plata y vestía de negro y calzaba botas negras y guantes negros y llevaba un caso blanco y antiparras oscuras y el pelo largo y rubio y lacio flotaba en el viento a sus espaldas. Corrían los cuatro en el jardín sin moverse de donde estaban, corrían y le sonreían y ella los miraba por la ventana de la cocina. De modo que terminó de lavar las dos tazas de té, se sacó el delantal, se arregló el pelo y se fue al living:

–He visto en el jardín a los cuatro jinetes del Apocalipsis –le dijo al marido.

–Mirá vos –dijo él sin levantar los ojos del diario.

–Qué estás leyendo –preguntó Aurelia.

–¿Mmmmm?

–Digo que les fueron dadas una corona y una espada y un denario y el poder.

–Ah, sí –dijo el marido.

Y después pasó una semana como suelen pasar todas las semanas, muy despacio al principio y muy rápidamente hacia el final, y el domingo a la mañana, mientras ella preparaba café, vio por la ventana de la cocina a los cuatro jinetes del Apocalipsis en el jardín pero cuando volvió al dormitorio no le dijo nada al marido.

La tercera vez que los vio, un miércoles, sola, por la tarde, estuvo mirándolos durante media hora y finalmente, como siempre había querido volar en un aerostato amarillo y colorado, como había soñado con ser cantante de ópera, amante de un emperador, copiloto de Icaro, como le hubiera gustado escalar acantilados negros, reírse de Caribdis, recorrer las selvas en elefantes con gualdrapas púrpura, arrancar con las manos los diamantes ocultos en las minas, presidir desnuda un desfile de monstruos nocturnos, vivir bajo el agua, domesticar arañas, torturar a los poderosos de la tierra, asaltar trenes en los túneles de los Alpes, arengar multitudes, incendiar palacios, yacer en la oscuridad con los mendigos, abordar los puentes de todos los barcos del mundo, finalmente como era tristemente estéril ser adulta y razonable y sana, finalmente ese miércoles sola por la tarde se puso el vestido largo que había usado en la última fiesta de fin de año de la empresa en la que el marido era subjefe de ventas y salió al jardín. Los cuatro jinetes del Apocalipsis la llamaron y el muchacho rubio de la Harley-Davidson le tendió la mano y la ayudó a subir al asiento de atrás y allá se fueron los cinco rugiendo en la tormenta y cantando.

Dos días después el marido se dejó convencer por la familia y los amigos e hizo la denuncia de la desaparición de su mujer.

–Moraleja –dijo el narrador–: la locura es una flor en llamas. O en otras palabras, es imposible inflamar las cenizas muertas, frías, viscosas, inútiles y pecaminosas de la sensatez.

Boca de dama

A la memoria de Alvaro Cunqueiro

–Como enferma, pero enferma –dijo la Güela–, nadie más que Aleida Jaicay que yo misma la vi y la oí con mis sentidos.

Era que habían estado hablando de la abuela Cunca Montesinos que los médicos de allá y los médicos de acá y hasta los profesores de la Illustre Armágana de Ventus Validus pero nadie supo en meses lo que tenía y al final ¿para qué?, al final reventó de un pasmo aunque también dijeron que el nieto, ese perdulario, el menor, el preferido, y que con la propia almohada de la propia vieja pero se quedaron en habladurías; y de ahí habían pasado a los males de cada una y a los de las madres, madrinas y conocidas, y entonces la Güela cuando ya se recostaba la conversación por el silencio, dijo eso.

Y amenazó nomás el silencio pero una de las más viejas reclamó:

–¡Aaaguaaaaa!

Y una de las más jóvenes:

–¡Eh, no, todavía no terminé!

Y todas, viejas y jóvenes, se rieron, y la Seixa graznó:

–Ya vas a ir más ligero, potranca.

Vino el agua, como cascada vino, clara y de perlas, blanca vino con la espuma y salpicó manos y brazos, y torsos se inclinaron pero no las cabezas orgullosas y en esas cabezas las caras y en las caras las bocas nunca quietas se abrían en sonrisas esperando. Eso sí, la Güela no iba a dejar pasar lo suyo, ella iba a hablar, ¿no había empezado acaso una historia?

–Pocas acá sabrán quién es Aleida Jaicay –dijo y con la piedra plana golpeó el agua, golpeó la espuma–, pocas.

–¡Adelante, Güela, y que aprendan éstas! –gritó la Rabasca desde la punta.

Las más jóvenes miraron a la Rabasca allá junto a las cajas de cenizas, posición que tiene sus inconvenientes pero también sus ventajas, muchas, deseable por lo tanto e inalcanzable en vida de la Rabasca que iba a ser larga: fumaba gruesos cigarros negros, cabalgaba una jaca zaina airosa, mañosa, y podía a su edad agotar a tres hombres cuando andaba con las ganas, y salir a buscar más.

–¡Adelante!

Las más jóvenes rizos negros pestañas untadas con aceite en noches de luna llena, bocas pintadas, cosas que las más viejas deploraban, preferían otra cosa, preferían que ¡ay, si hasta eso se pudiera suprimir! no hubiera otro ruido que el del agua y el de las piedras, las manos a veces, por si venía rodando algún silbido, una señal, algo que se hinca en la carne, no algo que despierta adormece despierta y vuelve a adormecer. Pero qué podían hacer si apenas les daban abasto brazos y manos para golpear, levantar, torcer, mojar, volver a golpear, dar vuelta y empezar de nuevo antes de que alguna vieja reclamara agua. Calladas, cuidando de no morderse los labios para no estropear el color, oían.

–Tenía una casa en Boca de Terra, que no es poco decir –dijo la Güela–, "dura boca de terra, frolida boca amargue", con cuartos arriba y abajo y una escalera de piedra admiración de palurdos de cien leguas a la redonda. Había una torre y en la torre un vigía bajo el sol o la lluvia y los cuartos de principal ceremonia estaban siempre cerrados y silenciosos, pero en los dormitorios entraba el sol y se ponían flores en vasos de plata. En las cocinas andaba el olor a pan que se cocía y a la sangre de los animales que se carneaban, y la señora de la casa comía en vajilla fina con cuchara de hueso y cuchillo ganado en guerra. Hasta servilletas de lino crudo había en aquella casa y relojes y un mico amaestrado.

–¡Uy! –hizo Pierana.

–Silencio, paya –amonestó la Quimera.

Porque Pierana era blanca y huevo, no tan joven, fuerte y rápida, sola y altiva. Tanto como miedo no, pero sospecha daba y más de una vez las viejas se habían sorprendido hablando de ella, calculando y vigilando para que nadie oyera lo que decían. Cintura estrecha manos fuertes piernas largas, ésa va a levantar la voz un día, dijo alguna vez la Seixa.

Pero a la Güela qué. Eso no era nada, ni importaba, ella sacaba cuentos. El cuento es una cinta, el cuento es una serpiente, un reguero, un laberinto: apenas una se descuida que ya la tiene rodeada y la inunda. A ella no le importa que la interrumpan: la Güela sabe, maestra que empuja la corriente, con astucia.

–Decían que Aleida Jaicay había tenido dos hombres –siguió– y que uno todavía vive. Que los dos alborotaban la casa y la cama, que uno de ellos había sido marino y tenía un dragón tatuado en la cintura y que el otro sabía de libros y que los dos la habían colmado de desdichas y que uno había muerto pero el otro todavía vivía aunque no se acercaba a la casa de Boca de Terra. En todo caso, tenía muchos hijos. Que trabajaban eso seguro que sí, y ella decía lo que había de hacerse, y obedecían.

–¡Aaaguaaaaa! –se alzó la voz de la Grialla.

Las viejas bajaron los brazos, las manos metidas en el agua, esperando, y las jóvenes se apuraron, rápido, rápido, antes de que llegue, rápido, vuelta, golpe, torzada, golpe y el agua clara cayó y roció y hubo risas.

–Un día se enfermó. De qué, no se supo. Fueron los

hijos a buscar médicos y sanadores que llegaron vestidos de negro, con gorros negros y zapatos en punta, cabalgando o en coche o a pie, cargados de instrumentos brillantes, o de libros, o de nada según vinieran de la universidad, del seminario o de la morgue. Médicos panzones, médicos flacos; altos, bajos, rubios, calvos, ricos, tan sabios, tan lejos de la ignorancia; médicos de reyes y de corsarios, médicos que lo habían visto todo, amigos de la muerte. Sanadores envidiosos, pedantes, altos y bajos, calvos y pelirrojos, pobres, serviles, ambiciosos. Todos llegaron y se fueron después de dar sus pareceres y los pareceres eran como ellos, sabios, distintos, ciegos.

Las manos se movían en el agua, el agua se enturbiaba, el sol de la tarde llaneaba en los maderos del techo y hacía rayas en el agua; en los huecos entre las cuadernas y las vigas allí en la tierra acumulada en años, crecían ascidias y tegatintes que inclinaban umbelas y corimbos azules y amarillos al viento. Se oyó quizás allá lejos un galope, un silbido, cascos, aire apresurado entre los dientes y los labios, quizá, pero las más jóvenes escuchaban a la Güela: sólo Pierana lo oyó.

–Los médicos no saben nada y nunca aciertan y si aciertan es por casualidad y como decía la novia del Voltamare "médicos y azar y por el tiro a danzar", y ésos dejaron recetas y pócimas, tósigos y diagnósticos, papeles amarillentos y redomas, y se fueron a pie y a caballo y en coche pero a todo esto Aleida Jaicay ya no podía bajar sus escaleras de piedra tan admiradas, no digamos subirlas.

Mientras Pierana oía el galope el agua se asemejaba cada vez más a un gordo animal escamoso de lo hondo, sombras que esperan entre las raíces, que abren las fauces perezosas como el río, diligentes como el hambre. Para el lado de San Vaas en el llano maduraban las manzanas sidreras. Agua clara hacía falta cuando el cuento de la Güela daba una vuelta más alrededor de las mujeres y el caballo caracoleaba en la cuesta.

–Los hijos empezaron a contar los dineros y más transparente se ponía ella, más rápido contaban ellos el oro que si los dedos se les hubieran agitado así para rezar el rosario, del infierno se hubieran salvado como que Bréogan venceu, por mis ojos.

–¿Y qué estabas haciendo allí? –preguntó la Cirenaica.

–Yo era joven entonces –dijo la Güela– y aprendía artes de lavar, aseo, limpieza, blanqueo.

–¡Aaaguaaaaa!

Huyó el animal del gran río. Pierana ladeó la cabeza para oír más allá del borbotón lo que venía de la ladera.

–Y me llamaron –dijo la Güela– porque era de confianza, mi madre era de Claermfleura, gentes honestas, y fui y allí estuve. La enfermedad de Aleida era reciente y yo llegué a la casa de Boca de Terra el día en que ella rompió los recetarios y las redomas y creyó en ella y en nadie más y se convenció de que se curaría con un buen régimen de vida.

–¿Y se curó?

–A callar, mocosa.

–Dormía de espaldas para respirar solamente el aire nuevo, los brazos a lo largo del cuerpo para que la sangre no se acumulara en los pliegues, las palmas de las manos hacia arriba pero eso no sé para qué. Se despertaba con la primera claridad para seguir el camino del sol y que el sol le diera fuego y salud pero no se levantaba hasta el mediodía para no cansarse y al mediodía comía sólo alimentos blancos que son puros como el día y tomaba vino rojo a contraluz por eso del sol. Después se encerraba en lo oscuro para que el cuerpo asimilara todo lo que le había dado, y respiraba despacio, muy despacio, acostada en su alta cama. Se levantaba otra vez al anochecer cuando ya no había sol, bebía agua helada y filtrada y comía frutos amarillos o dorados cocinados en miel, caminaba con caminar grave doce veces porque el día tiene doce y doce horas alrededor de su cámara, y se iba a dormir y al otro día lo mismo y al otro también. Pero no se curó.

La Güela levantó la mano derecha y la piedra plana cayó una vez, dos, cinco veces. Como si hubiera sido una orden todas golpearon con sus piedras, atentas, mirándola, menos Pierana que golpeando sentía que eran los cascos y golpeando y deslizando recordaba al gran animal escamoso del agua de los ríos indolentes. El silbido, el galope, y golpeaba.

–No se curó y no sólo no se curó sino que enfermó más todavía y se le puso el cuerpo del color del hueso de Lyon y toda ella temblaba cuando el aire se movía y la enfermedad dejó de ser una y empezó a ser muchas que iban y venían y eran todas terribles.

–No se puede estar tan enferma –dijo la Pasiflora–, no, señora, no, no se puede.

–Aleida Jaicay podía –porfió la Güela–, y cómo podía que hoy, es un ejemplo, sufría de marmoranta y la tocabas y estaba fría y dura y no podía mover las quijadas ni doblar las rodillas pero alentaba y latía, y mañana, es otro ejemplo, sufría del Mal de Doumedian y le salían por la boca palabras extrañas y humores y frases de un idioma que ella no sabía y que no existía, y pasado mañana sufría de melagaria átrox y adivinaba lo que iban a decir los que estaban a su alrededor y contestaba antes de que le hubieran preguntado y al día siguiente le daba el Mal de Sjoberg y se secaba como la savícula al sol del verano y los líquidos se le escapaban del cuerpo por los lagrimales y había que regarla como a una estromelia recién transplantada, y más todavía al otro día estaba llena de agua y todo lo que de fluido hay en una mujer chocaba contra la úvula que sonaba como una campana a muertos y entre las falanges como juego de taba y después, curada de todo eso, se ponía amarilla y encarnada, fría y caliente, y eso era un ataque de corumellia aguda.

–¿Se murió?

–Cuando yo era joven –dijo Emeteria la Rualda– no se nos permitía hablar delante de las mayores, a menos, claro, que se nos preguntara algo.

Pierana oyendo cascos sonrió:

–Los tiempos han cambiado –dijo.

–¡Uuultima aaaguaaaaa!

Las más jóvenes se azoraron pero no había tiempo de revisar ni de buscar y se apuraron más, más, más todavía.

–Cada día estaba más enferma –dijo la Güela– pero algunas de sus enfermedades le daban fuerzas y seguía resistiendo. Tanto, que los hijos se cansaron de contar los dineros, pusieron todo en un arca, la cerraron con candado y dedicaron sus días mitad a trabajar porque trabajadores eran, y mitad a observarla. No les gustó lo que vieron, no les gustó nada, pero qué podían hacer si era su madre.

–Antes había más respeto –dijo la Cirenaica.

–No sólo no les gustaba lo que veían sino que se llenaban de miedo y trataban de disimularlo con lo que se volvían tiránicos y avaros, dos pecados. A veces Aleida era como un espejo, plateada y misteriosa; otras saltaba y mordía; otras dormía y no se podía despertarla ni aunque se la hiciera rodar por el suelo y se la azotara. O tenía tanta fuerza que rompía lo que tocaba así fuera de piedra o de hierro. O cantaba como un pájaro de la mañana a la noche, o se sostenía en el aire como un vilano, o envejecía cien años, o perdía el habla, un ojo, un hueso. O se erguía como un gigante y tenía que salir al balcón porque no cabía en la cámara, o ponía huevos vacíos y sonoros, o escribía fórmulas matemáticas en las paredes, o entrelazaba los dedos y trababa los dientes y gemía como un animal, o tenía tanta fiebre que se le caían las pestañas, el pelo y las uñas, o parecía una muerta. Y finalmente un día, yo la vi, al despertar se sacó toda la ropa y ahí desnuda sobre la cama entre las sábanas de hilo bordadas empezó a cambiar. Se le estiró la piel, le salió pelo nuevo, negro y suave, se abrió el ojo faltante, brillaron los dientes, se afinó el cuerpo, los pies danzaron sobre las losas, la sangre goteó por entre los muslos, la voz salió de la garganta como un murmullo, se enderezó, calzó chapines y vistió túnica de oro, llamó sirvientes, dio órdenes, bebió aguardiente y comió carne y pan y salió en coche y estuvo tres días ausente y los hijos se paseaban haciendo sonar los tacos de las botas sobre el espinapez de maderas finas, y cuando volvió vencedora traía con ella a un hombre, el tercero. Y yo no vi ni oí nada más con mis sentidos porque ya no hacía falta ahí. Me pagaron muy bien y me fui. Pero me dijeron que tuvieron hijos, que construyeron otra casa cerca de Boca de Terra, en Plaza Artiboune, para ellos solos, y que en los veranos salían a la mar en barcas con velas de tisú y en invierno se tapaban con mantas de vellón y comían junto al fuego y bebían ponche hasta el amanecer.

–Quién lo diría –dijo la Grialla.

–Rogadle a Deus que a todos nos leve a seu trono –dijo la Quimera.

La última agua escapó con un gorgoteo, las mujeres envolvieron las piedras en el lienzo blanco y las colgaron de su cintura mientras falenas y geómetras se desprendían de las ramas y se oía la voz del cuandú y del guardaguarán, ascios de la luna, asomados a las roqueras. Levantaron y torzaron por última vez como el agua. Se secaron las manos en los delantales y la sombra pasó por los maderos del techo con el viento que traía olor a manzanas, a estiércol, a brasa, a hoyos en la arena.

La ropa en un lío contra la cadera, primero las más viejas, y la noche que subía desde el llano manzanero como el galope, por eso se movió una vez más la boca de Pierana:

–Yo también –dijo.

Indice

Esta edición
se terminó de imprimir en
Talleres Gráficos Segunda Edición
Gral. Fructuoso Rivera 1066, Buenos Aires
en el mes de diciembre de 1997